TAKE
SHOBO

年上公爵と素直になれない若奥様

政略結婚は蜜夜の始まり♡

如月

Illustration
Ciel

蜜猫
MitsuNeko

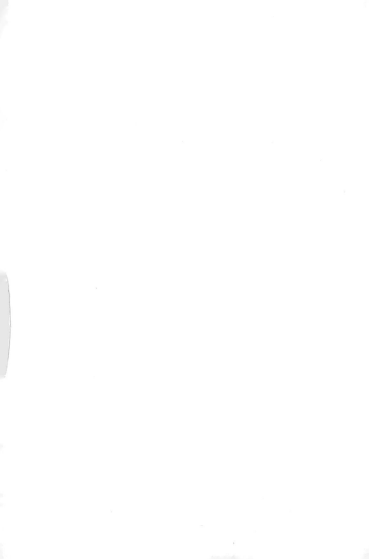

contents

イラスト／Ｃｉｅｌ

年上公爵と素直になれない若奥様

政略結婚は蜜夜の始まり♡

プロローグ

「アンリエットお嬢様ぁ、お嬢様ぁ?」

乳母の呼ぶ声が聞こえる。

アンリエットは、日焼けしてがっしりした体つきの、このサブロン人の乳母によく懐《なつ》いていた。

「どこですかぁ?　もう降参です」

「ふふふ」

彼女は笑い声を上げて、ベッドの陰から姿を現した。

乳母が自分を捜してくれるのが面白くて、その足音が聞こえると、いつもクローゼットの中や、カップボードの陰、時には玩具箱《おもちゃばこ》の中身を全部放り出して、自分がその中に入ったりもした。

「おやぁ、そんなところに!　もうかないませんねえ」

そう言いながら、乳母は腕を広げる。アンリエットが彼女に飛びつくと、彼女は軽々と抱き上げてくれたものだ。

「まあ、甘えん坊さんですねえ、もう十三歳におなりですよ？　お嫁に行かれてもおかしくない年頃です」

「行かない！　ずっとここにいるもの」

アンリエットは本気で、大好きな乳母と離れたら、寂しくて死にそうになると思う。

「はい、はい、アンリエットお嬢様。さあ、おやつの時間ですよ」

乳母には三人の子どもがいて、アンリエットが望めばその子どもたちと一緒におやつを食べるが、そういう時は、アンリエットの部屋ではなく、乳母の狭い居室へ行って、古びたテーブル、貧相な腰掛けに座ることになる。

それでも、アンリエットはそのほうが楽しかった。

実の姉妹はいないが、寂しくなんかない。

「アンリエット、これ、ママが作った風車《ふうしゃ》だよ」

おやつを食べながら、乳姉妹《ちきょうだい》のポランが差し出したのは、木の細枝の先に、葉っぱをねじって作った玩具《おもちゃ》だった。アンリエットはうらやましくてたまらなかった。

「わたしも、それがほしいわ。ちょうだい」

「いやだよう」

ポランが半泣きになって嫌がり、アンリエットは歯がみして悔しがった。

乳母は目を丸くして言う。

「こんなものが欲しいんですか？　高いおもちゃをたくさんお持ちなのに変ですねえ。よろしい、新しいのを作って差し上げましょう」

そう言って、乳母がすぐに作ってくれた風車は、父母の買ってくれた玩具よりも大切なものになった。


今も、あの風車を時折夢に見る。

そして、乳母や、乳姉妹のことを思い出すと、目頭が熱くなる。

第一章

「ほら、あそこに三人いらっしゃる殿方の中で、いちばん背の高い方がそうよ」

友人のクリステルが声をひそめて言った。

彼女はこの舞踏会を主催している男爵の妻で、アンリエットがカルミアに帰国して初めてできた親友だ。二つ年上で、アンリエットに裁縫や行儀作法など、さまざまなことを教えてくれている。

昨年まで、アンリエットの一家はサブロンで綿花農場《めんかのうじょう》を経営していたが、その地で独立戦争が勃発したために、農園を見限って引き上げてきたのだ。

窓からこっそり覗《のぞ》き見なんてはしたないけれど、アンリエットはどうしても見ないではいられなかった。

——だって、十一歳も年上の人がわたしの夫になるなんて。信じられない。

大人すぎて違う世界の人のように思えるし、彼女の父親のように、髪は薄くなっていて、お腹《なか》も出っぱってるに違いない。なにより、自分の知らないところで勝手に結婚相手を決められてしまったことが悲しかった。

クリステルによれば、ここカルミア国では周囲の女性はみな、そうして親の決めた相手と結婚していくそうだ。

女性は出しゃばってはならず、親や配偶者に口答えしてもいけない。ひたすら身を飾り、よい結婚相手を見つけることが大切とされているそうだが、サブロンでは女性もはっきりと自分の意志を口に出し、男女が対等に言い争っていたし、そこで育ったアンリエットも、それが当たり前だと思っていた。

彼女はまだ、恋をしたことすらなかった。自由に恋をして、胸を焦がすほど愛する人と結婚するのが夢だったのだ。

――こうなったら、なんとかして相手の弱点を探らなくちゃ。

そして断る理由を見つけるつもりだ。

「ありがとう、クリステル」

彼女はそう言って、中庭を眺めるふりをして観察を始めた。

三人の紳士のひとりは柱廊《ちゅうろう》の基石《きせき》に腰をかけ、二人は立ち話をしていた。

そのうちの背の高いほうは、白いクラヴァットに映える艶々した黒い髪をしていて、少し背を曲げて、相手の話に聞き入っている。

広い肩から引き締まった腰のラインをくっきり浮かび上がらせている深紅のジュストコール、その下には豪華な刺繍《ししゅう》をしたアビを着ており、腰には金色の帯をしていた。胸元にはいくつかの勲章が輝いていたが、それらを凌駕《りょうが》していたのは、彼自身の造形のバランスの絶妙さだった。

――嘘《うそ》……！　人違いじゃないの？

「ねえ、クリステル？　本当にあの方が公爵様？　黒髪の、赤い上衣《アビ》を着ている人？」

「ええ、そうよ。間違いないわ。とても美しくて、ご立派な方でしょう？」

友人が頬《ほお》を染めて見つめる男性が、アンリエットの見合いの相手だとは、彼女にはまだ言っていない。

「その方は、どういうところがご立派なの？」

「どうって――公爵様の悪い噂《うわさ》なんか聞いたことないわ」

「でも……、なにか一つくらい、欠点はあるでしょ？」

クリステルは緑色の目を見開いて反駁《はんばく》した。

「どうして、そんなに欠点を探すの？　やたら悪口や陰口を言うのはよくないことよ。公爵様がいい人だと、何か困ることでもあって？　アンリエット」

それもそうだ。クリステルの言うことはいつも筋が通っている。

「そ、そんなこと、ないけど」

これ以上は聞き出すこともできない上に、たまたま公爵の視線がこちらに向けられたので、アンリエットは観察を中止して窓から離れた。そして彼女は、手にしていた果実水を飲みながら考える。

この見合い相手については、親に勝手に決められたことが不満だったが、見た目と評判に関しては文句のつけようがなかった。

親におしつけられた相手でなかったら、そしておそらく、自分があと五、六歳年をとって年齢的に釣り合いが取れていたなら、ひと目惚《めぼ》れするくらいのレベルである。

この舞踏会にやってきた時の勢いは失《う》せて、複雑な気持ちで控えの間に行こうとした時、柱の影に公爵がいることに気づいた。

慌てて背を向け、耳だけはそちらに集中する。

「……しかしサリーマルゴのことは本当に残念でしたね、シルヴァン叔父さん」

シルヴァンというのは公爵の名前だ。

「それを言わないでくれ。まだ思い出すのが辛《つら》い」

そう答えたのは公爵だろう。低くて甘い、魅力的な声だ。また彼の弱点が減った。というか、ひとつも見つからない。

親が決めたということだけで逆らうことはなかったのかも。

アンリエットは、胸を焦がすほど夫を愛する未来が見えたような気がした。あとは人柄と、話が合うか合わないか――これは重要だ。

彼女はひたすら背後で行われている会話に耳を傾けた。

「仕方ないですよ……。別れはいつかはやってくるものですから。元気を出してください、結婚すれば気が紛れるかもしれませんよ」

公爵を叔父さんと呼んでいたことから、甥《おい》であろう青年が慰めるようにそう言うと、また心地よい声音が答えた。

「いや、それとこれは別だ。彼女はかけがえのない存在で、何かにとって代わられるというものじゃなかった。――こんなに早く天に召されるなんてね」

最初はうっとりと、その声を聞いていたアンリエットだったが、突然我に返った。

――彼女？　かけがえのない存在？　サリー・マルゴって誰？　踊り子みたいな名前……。

彼らは共通の知り合いの女性について話しているらしい。

公爵が、その亡くなった女性についてとても残念だと話しているのだが、それはどういう関係なのか。結婚という変化でも紛らわせられないほどの悲しみとは？

アンリエットは息をするのも忘れて盗み聞きに集中した。

公爵は長いため息をついてから、こう言った。

「……一生、忘れられないよ」

——何が？　誰を？　一生忘れられないって？

思わず拾った醜聞に、彼女の鼓動は次第に速くなっていく。

随分年の離れたこの見合い相手には、聞き捨てならない問題があったようだ。

——彼には恋人がいたということね。これは、結婚を断る理由になるんじゃない？

拒絶すべき男の醜聞《スキャンダル》を見つけて喜ぶところだが、意外にも彼女の心ははずまない。

よくよく考えればその相手は既にこの世にいないのだから、結婚になんら差し障りはないのではないか。

——違うわ、そういうことじゃなくて。

この結婚話には、もっと重要な問題がある。

——公爵様は「一生忘れられない」と言ったわ。亡くなった恋人は永遠に彼の心の中で生き続けるってことよね？

つまり、とアンリエットはぐるぐる回る思考をひとくくりにして呟《つぶや》いた。

「……それって、わたしがどんなに彼を愛しても、一生片想《かたおも》いってことじゃない？」

思いが口に出てしまったことに、ハッとして周囲を見たが、もう公爵の姿はなく、ホールがざわざわと騒々しくなっていた。楽師が音楽を奏で始め、紳士淑女たちが踊りの相手を探して動き始めたからだ。

彼女は友人の姿を探した。

クリステルは、今日はミントグリーンに薄いピンクの花柄のドレスを着て、舞踏会の主催者である男爵の夫人として、忙しく立ち働いている。アンリエットはドレスの色をたよりに、人混みの中に友人を見つけたが、広いホールの向こう端で、赤毛の若い男性に誘われて彼の手を取っているところだった。新婚の妻らしい初々しく清楚《せいそ》な装いのクリステルに、青年もぞっこんの様子だ。

アンリエットのドレスは瞳の色に合わせたブルーだ。鯨の骨で作られた大きなパニエで膨らませたスカート部分に、サテンのリボンが縫いつけられ、肘丈の袖には何段も重なったレース飾りがついている。

胸元は少々開きすぎではないかと思うほど深く、オーガンジーのリボンと真珠が縫いつけられていなければ、胸のあわいが見えてしまいそうだった。髪はゆるく巻いて垂らし、花とリボンで飾り付けられている。

サブロンでも両親は頻繁にこのような宴《うたげ》を催してはいたが、彼女自身はその頃はまだ社交デビューしていなかったため、こんな窮屈なドレスは着たことがない。アンリエットにとって、本国は窮屈で辛いところというイメージがますます強くなってしまった。

——もう帰りたいわ。

両親は壁際で、高官と見られる人々に挨拶をしていたが、ふとこちらを見ると手招きした。アンリエットは大股でそちらまで歩き、馬車を出してもらうよう頼みにいこうとしたが、そこに、長身の男性がすっと現れた。

父は満面に笑みをたたえて彼を迎え入れ、こちらに話しかけた。

「アンリエット、ここに来るのだ、さあ——」

父がこれから何をしようとしているのか、すぐにわかった。

「公爵閣下、これが私の娘のアンリエットでございます。何も知らないふつつか者ですが、どうぞよしなに……」

「初めまして、マドモアゼル・ドゥプレ。お近づきの印に一曲踊りませんか?」

シルヴァン・ラ・トゥール公爵は、礼儀正しく挨拶をし、手を差し出した。

アンリエットは彼の手を凝視し、次に、その白い手袋から金刺繍を施した白い袖へと視線を上らせ、赤いジュストコールの袖、金房のついた肩、そして最後にはついに彼の顔へと至った。

公爵は手を差し出したまま、アンリエットがそれに応えるのを待っていた。

少し背を屈《かが》めて、小柄な相手に視線を合わせようとしていることがよくわかる。首を軽く傾けて、こちらの目を覗《のぞ》き込んでいるのだ。

鳶色《とびいろ》の瞳の奥には、遠目に見ていた時とはまた違った力強さや正義感の強そうな表情が見てとれる。鼻筋はまっすぐで、唇は鷹揚《おうよう》な笑みを浮かべ、身じろぎするたびに揺れる髪は、知的な雰囲気をもつ額の上に細い影を落としていた。

こんな輝かしい美貌と地位を併せ持った男性からの誘いを断れる女などいるのだろうか。

アンリエットはうっかり手を伸ばしそうになったが、慌てて首を振った。

「申し訳ありません。足をくじいてしまいましたので」

我ながらしらじらしい言い訳をしてしまったと思う。たった今、邪魔なドレスを蹴散らすようにして、ここまで大股で歩いてきたのだ。

「アンリエット！」

父、ドゥプレ大佐が小声で叱りつけるように言った。

「閣下はもったいなくも、おまえにダンスのお相手をとおっしゃってくださったのだぞ」

それはわかっている。しかし、その手を取ってダンスなどしたら、迷いが生じてしまうと思うのだ。アンリエットは一度目を閉じて、先刻聞いた会話を思い出した。そして、その頭に焼き付けるように、言い聞かせた。

彼は、心に生涯忘れられない恋人を抱いている人なのだということを。

アンリエットは、きっぱりと言った。

「はい、でも足が痛いのです。もう家に帰りたいと思います」

父と母が驚愕《きょうがく》し、公爵の顔からも笑みが消えかかった。

きっと彼は憤慨している。周囲では音楽が鳴り響いているはずなのに、アンリエットにはなんの音も聞こえなくなった。

「……それは残念ですね。どうぞ、お大事に」

公爵はそう言って、手を引っ込めた。

父の顔から色が失せたと思うと、次に赤くなった。

「ど、どうも申し訳ございません！　せっかくお誘いいただいたのに、こんな時に足をくじくなんて、とんだお転婆《てんば》娘でございまして。全く……しかし、アンリエット、帰ることは許さん。踊れないなら、そこに座って待ちなさい」

こうして父に釘《くぎ》を刺され、アンリエットはホールの端の長椅子に座って、舞踏会が終わるまで待つことになった。

足をくじいたなどと嘘をついたために、歩き回ることも許されないのは自分のせいだから仕方ない。こんなもやもやとした気持ちで他の誰かと踊りたいとも思わない。

公爵が別の相手を見つけるのは雑作もなかった。

むしろ、女性の誰もが彼と踊りたがっているようにすら見える。

一曲終われば、すぐに貴婦人たちが彼を取り囲み、うっとりとした顔で彼に誘われるのを待っているのだ。

「もしかしたら、彼は大変な女たらしなのかしら……？」

広げた扇の陰で、アンリエットはうそぶいた。

「でも、わたしは他の女性たちのようには騙《だま》されないわ。心の中では永遠の恋人のことを想《おも》っているんだって、知っているんだから」

こうして何曲かの音楽が流れ、たくさんの男女が踊り回っているのを眺めていた時、アンリエットはサブロンでの暮らしを思い出した。

そこは暑い地方で、現地の人々はよく働き、貧しいながらもいつもはつらつとしていた。収穫祭には村中の人間が集まって、鈴を鳴らして輪舞《りんぶ》を踊ったものだ。

ずっと自分の世話をしてくれていた乳母たちはどうしているだろうか。

遊び相手だった、使用人の子どもたちはどうしているだろうか。

今思い出してみれば、彼らは決してアンリエットを友達だなどとは思っていなかったかもしれない。力関係によって仕方なく従い、我慢して遊んでくれていたのだろう。

それでも、彼女にとってはサブロンこそが故郷だ。広々とした大地はうんざりするほど暑かったはずなのに、今はたまらなく懐かしい。

「お嬢さん、ダンスのお相手をお願いできますか？」

話しかけられて目を上げると、見覚えのない青年が立っていた。青白い顔を縁取るたわわな髪は今流行の鬘《かつら》らしい。

こんなことが何度かあり、その都度「足をくじいてしまいましたので」と言って断ったが、望郷の想いに浸っていたアンリエットは度々、現実に引き戻された。

──お父様たちは、サブロン人を働かせたお金でこんなことばかりしていたのね。

もううんざりだ、と思っていた時、また彼女の前に男がやってきた。

「お嬢さん、初めてお会いしますね？　是非僕のダンスのお相手を──」

今度は赤い巻き毛の青年だ。緑のアビに赤い糸で装飾模様を縫い取りし、レースをたっぷりとあしらった袖からすっと手を差し伸べている。

アビの下に着ているジレは金色のブロケード、爪先が細く尖《とが》った靴には金のバックルがついていて、相当な洒落《しやれ》男だ。

「いえ、わたしは──」

「踊れないなどという謙遜はご不要ですよ。僕はどんな内気なご婦人でも立派に踊らせて舞台の主役に引き立てて差し上げることができます。さあ──」

少々強引な上に自信たっぷりな、軽薄そうな青年だ。年も自分と大して変わらないように見える。

アンリエットがきっぱりと断ろうと身構えた時、そこに別の男性が割り込んだ。

「彼女はだめだ、マルク。足をくじいて踊れない」

彼は青年を制してアンリエットの隣に座ったが、二人は互いに顔見知りだったようで、険悪な雰囲気にはならなかった。

「叔父さん。……ああ、そうか！　そういうことか――僕はお邪魔でしたね、失礼」

赤毛の青年は親しげな笑みを浮かべてから、次に好奇心たっぷりの表情で二人を凝視し、やがてひどく心残りというように時折振り返りながら、ようやく立ち去った。

「……そうだったよね？　足はまだ痛いかい？」

助け船を出してくれたのは、公爵だった。アンリエットは慌てて立ち上がる。

「ありがとうございました……はい、まだ少し」

「今のは私の甥なんだ。気分はどう？」

「あまりよくありませんね。ここはなんだか息苦しいです。ダンスは踊れませんし――庭へ出ようと思います」

「そりゃあ、気が合うね。私も外の空気を吸いたかったんだ」

そう言うと、公爵は再び手を差し出した。

この場では断る理由がとっさに思い浮かばず、アンリエットはおずおずと手を出した。

そして二人は連れ立って中庭へと歩く。両脇に白い星を散りばめたようにゼフィランサスが密生している石畳の歩廊に、長身の公爵はとても見栄えがする。

蔓薔薇《つるばら》を這《は》わせたアーチをくぐり抜ける時は、彼はアンリエットの手をそっと自分の手から外し、その腕をアンリエットの背に回して静かに引き寄せた。

その仕草があまりにもやさしくて、アンリエットがドキドキしていた時、彼女を抱き寄せていた公爵の袖に薔薇の蔓が引っかかってぴしりと音がした。

「あ、袖が……」

「大丈夫、破れてはいない。実は、さっきもここを通る時、引っかけたから」

彼は、アンリエットが棘で傷つかないようにかばってくれたのだった。

「……ありがとうございます」

おずおずと礼を言うアンリエットに対し、公爵は紳士的に答えた。

「どういたしまして」

そんなやりとりの間もずっと公爵に抱えられていて、アンリエットの頬が熱くなる。恥ずかしくて視線を上げられず、彼の足もとばかりを見てしまう。

さっき、彼が他の女性とダンスをしていた時、足を踏み出すたびに、深紅のジュストコールの裾が翻り、すらりとした長い足が見え隠れするのがとても素敵だった。

今は、公爵はわざとゆっくり歩いて、こちらに合わせてくれている。

「マドモアゼル・ドゥプレ。ダンスはあまり好きじゃないのかい？」

「……はい」

と、答えてから、しまったと思った。ダンスが好きとか嫌いとかではなく、親に逆らって公爵と踊らなかっただけなのに。

「よかった。実は、私もなんだ」

「そうですか？　でもお上手に踊っていらっしゃいましたよ」

すごく楽しそうに、とは心の中で言うに止めた。

「見ていたんだ？」

その可笑しげな声に、アンリエットが驚いて顔を上げると、公爵と目が合った。

「あっ、ちが、……っ、クリステルを見ていたら、視界に入っちゃっただけです」

公爵様のことなんて、気にしていないんだから。

美丈夫であろうが、品行方正だろうが、富と力があろうが関係ない。

――わたしは外見に騙されず、わたしをちゃんと愛してくれる人と結婚するの！

ふと気がつけば、中庭を囲む柱廊の端に、両親の姿が見え隠れしている。

こちらの様子を窺《うかが》っているに違いない。

「クリステル？　男爵夫人の？」

と、公爵が聞き返した。

「ええ、彼女は親友なんです。本国に帰ってから初めてできた友達で、あんなに可愛《かわい》らしく正直で、気立てのいい女性はなかなかいません。彼女は素晴らしい貴婦人です、わたしと違って――。わたしは手先も不器用で、父にも言われているようにがさつで愛想もありませんし、結婚には全く向いてないんですよ、本当に……、全然！」

ここまで念を押せば大丈夫だろう。

公爵は、ぽかんとした顔でこちらを見ていた。さすがに呆《あき》れただろうと思う。

アンリエットはすっかり満足し、公爵を見返して、会心の笑みを放った。


翌日、アンリエットは父から、公爵の心証《しんしょう》についてしつこく尋ねられた。

「ダンスを断ってどうなるかと思ったが、中庭では親しげにしておったな。どうだ、見込みはありそうか？　次に会う約束などは？」

「いいえ、そんな話は露ほども出ませんでした」

「露ほどもってどういうことだ！　こう、肩を抱かれておったではないか」

「あれは、薔薇の棘から避けるためにそうなっただけです」

アンリエットがあっさりと流すと、父はいらいらした口調で言った。

「そんなチャンスをなぜ生かさないのだ！　しかも、足をくじいたならくじいたで、しなだれかかるぐらいのことをしたらどうだ」

「……そんなわざとらしいことはできません」

そもそも、足をくじいたのも、ダンスを断るための嘘だったというのに。

煮え切らないアンリエットの態度に、父の怒りがどんどん沸点に近づいていくのが、その顔色を見てわかった。

「ドゥブレ家が今どういう状態にあるか、おまえは全然わかっておらんな！」

「知っていますけど」

「ならば言ってみよ。おまえの口から説明しろ」

「はい。カルミアとサブロンの開戦によって、経済的に大きな痛手を被っただけでなく、お父様はスパイの疑いもかかり兼ねない立場なのよね。それを払拭するために、わたしが人身御供《ひとみごくう》となって、公爵様との結婚を強制されるというわけ」

「ばか者！」

父は、いきなり頭をかきむしったかと思うと、白い巻き毛の鬘《かつら》を自分の頭から引きはがして床に投げつけた。地肌が透けた頭に汗をびっしょりかいて怒りを表す父に、アンリエットは無表情で言った。

「どこか間違っていましたか？」

「強制される、の行《くだり》だ！　公爵閣下は申し分のないお方。実直で勤勉、公務も立派にこなしておられ、醜聞ひとつない。おまえにはもったいないような縁談なのだ！　ここに至るまで、私がどれほどの金をばらまいて根回しをし、どれほど走り回ったかわかるか！　強制されたのではなく、意固地でがさつで無愛想な娘をこちらからごり押ししておるのだ」

「だったら、公爵様のためにも、この話は破談にしたほうが――」

「くそったれ！　このバカ娘は！　おまえが言わなくとも破談に決まっておるわ。……全く情けない。誰がこんなわがままな阿呆《あほう》に育てたのだ！」

娘への罵倒を受けて、母は屈辱に耐えるように視線を下ろしていた。

両親は社交のためと言いながら、毎夜毎夜酒宴にうつつを抜かしていたので、アンリエットはこの父母に育てられたという実感がない。そのため、親のためなら自分を犠牲にしよう、などとはとうてい思えなかった。

自分の世話をしてくれたのは、サブロン人の乳母で、遊び相手をしてくれたのもサブロン人の子どもたちだった。父母は母国語しか話せないが、アンリエットはサブロン語を流暢《りゅうちょう》に話せる。

「おまえの言いそうなことはわかっておる。しかし、サブロンのことは忘れろ。ここでは絶対に、おくびにも出すな。サブロン語もいっさい話してはならぬ」

「話そうにも、話し相手がいません」

「そうだろう、おまえのような親不孝者など、誰も相手にするものか。いっそこの愚かな娘をサブロンに置いてくればよかった」

ついに、真っ青な顔をしていた母が立ち上がり、部屋を出ようとするそぶりを見せた。これ以上、いたたまれないのだろう。それで長い説教が終わるかと思ったが、父はまだ何か言いたいようで、口髭《くちひげ》をピクピク震わせている。

幸い、執事が控えめに扉を叩《たた》いたことで、休戦となった。

「ああ、おまえか。ちょうどいいところへ。近々、舞踏会が開かれるのはどの邸《やしき》だ？　そこの招待状をもぎとってこい。少々の出費は仕方ないだろう。……そもそも、公爵閣下というのは高望みしすぎだった。もっと格下でもやむを得ん、すぐに次の相手を見つけなくては。何を突っ立っておる？　さっさとするのだ。全く、どいつもこいつも役立たずめ！」

主から、謂《い》われもなく当たり散らされた執事は、言いにくそうに伝えた。

「旦那様。公爵閣下より花束とお手紙が届いております」

「は？　……なんと……？」

「お手紙は旦那様宛に、花束とカードはお嬢様宛でございます」

そしてワゴンで運ばれてきたのは、数百本はあろうかという赤い薔薇の花束で、それに添えられたカードには美しい書体で『お大事に』と書かれていたが、親宛の手紙には破談の知らせでもあったか、父は胸を押さえてひいっと息を吸った。

「……し、し、信じられん！」

それから、頭の汗を拳骨《げんこつ》でぐしぐしと拭い、震える手で手紙を掲げた。

「公爵閣下はどういうおつもりか、おまえを来週の大市巡りに誘ってくださった。行け、アンリエット！　今度こそ、粗相《そそう》は許さんからな。閣下に可愛がっていただくように全身全霊で尽くさねば、この家を追い出す！」

＊　＊　＊

公爵家の図書室は、一見の価値があると言われている。

その壁面の全てが書棚になっていて、蔵書には古い手書き写本から、二百年前の宗教改革による焚書《ふんしょ》を免れた異教の書物まで含まれており、海外からも珍しい蔵書を見にやってくるほどだ。シルヴァンの代になってからも、それは着々と増えている。

「この間の舞踏会はいかがでしたか、叔父さん？」

その蔵書には全く興味を示さず、書斎机に肘をついて話しかけてくるのは、甥のマルクだ。黒地に金糸の刺繍模様を施したアビを粋に着くずし、クラヴァットは深紅。彼はいつも色物を身につけているが、それがまた、縮れた赤毛によく似合う。

マルクはシルヴァンの実姉《じつし》の息子である。十以上年の離れた姉は早世し、父親もあまり丈夫ではないため、甥のマルクは何かとシルヴァンを頼ってくる。

「ああ、いい舞踏会だったよ。しかし、私の着ていた赤い上衣《アビ》は少々華やかすぎたかもしれないな……」

「違和感ありませんでしたよ、むしろ地味なくらいでした。袖にレースをつけるのをどうしてやめてしまったんですか？」

そう言って不服顔をする甥の袖口には、金のリボンと白いフリルがたっぷりとあしらわれていた。シルヴァンは、そんな装いをしている自分の姿を想像して苦笑した。

「それより、何か実りはあったかい、マルク」

「ええ、男爵夫人と踊りましたよ。彼女は実にすばらしいです」

「――人妻じゃないか。やめておけ。見ていてはらはらする」

「僕はそういう酸いも甘いも噛《か》み分けたような憂いのある人妻のほうがいいんです。若い娘よりずっと気の利いた会話もできるし、勉強にだってなります」

「いや、本当にいい加減にしたほうがいい。もしも刃傷沙汰《にんじょうざた》にでもなったら――」

甥は今十八歳で、もともとは利発な青年なのだが、最近は学業より女性との駆け引きに気を散らしている。保護者代わりの身としては心配だ。

シルヴァンが今のマルクと同じ年頃の時は、公爵位を継いだばかりで、ひたすら執務に励んでいたために、結婚にまで気が回らなかった。堅物のシルヴァンと違い、彼は若いのに女性の心をよくわかっているようだ。狙いを定めた女性は、高確率で、彼の手に落ちるらしく、マルクはそのことにすっかり味を占めているらしい。

「僕はそんなへまはしませんよ。叔父さんこそ、どうかと思いますよ。結婚するんですか？あの少々お高くとまったご令嬢と」

「お高くとまった、だって？　そんなことはない。無邪気で素直なお嬢さんだよ」

「そうかなあ。ふてくされて感じ悪かったし、叔父さんといる時も気取っていた」

「年が離れているから、私を敬遠しているんだと思う」

シルヴァンは女に関して疎くて気が利かないので、結婚相手にどういう女性を選ぶべきかもよくわからない。そろそろ身を固めろと周囲から言われ始めた時、積極的にもちかけられた縁談の相手がアンリエット・ドゥプレだった。

家柄も悪くないし、サブロンで財を成した裕福な貴族で、断る理由も特にないから相手の顔も見ずに承諾したが、会ってみればたいそう若くてきれいな娘だった。

「でも、僕は見ましたよ。彼女、何か裏があるような顔をしていました。叔父さんは、馬の気持ちほどには女性をわかっていないんじゃないかな」

全くそのとおりだ、とシルヴァンは思った。馬はいい。正直で裏表がないし、一度信頼を勝ち取れば、絶対に裏切らない。

「だが、舞踏会にいた女性はみな、自分をひと一倍美しく見せることに専心していたようで、それ以外に何も感じられなかった。その中で、彼女だけが違っていたから、気にはなるよ」

「そうですか？　僕にはわからないな」

「彼女は、自分はさておき友人を褒めていた。心から。実に謙虚だった」

「謙虚な女性が、公爵のダンスの申し込みを断るでしょうか？」

「そりゃあ……、事情によっては断るさ。足を痛めていたんだし」

はー、と諦めたように息を吐き、マルクは手のひらで自分の目を覆った。

「僕はねえ、叔父さん。足にマメができようと靴擦れがあろうと、なんなら骨折していようと叔父さんの誘いなら受ける、それくらい叔父さんを想ってくれる女性でないと嫌なんです。あの場に叔父さんと踊りたい女性はいくらでもいたというのに！　僕は叔父さんが好きだから忌《き》憚《たん》なく言いますよ。どうかおやめください、サブロン帰りの高慢な小娘なんかと結婚するのは。そりゃあ、確かに相当な美人ではあるが、あちらでよほどちやほやされて、自分は王女様とでも思っているに違いないんだ」

「マルク」

シルヴァンは寂しそうな顔をして言った。

「おまえが彼女を気に入らないことは実に残念だが、正直、ほっとしている。どうか、マドモアゼル・ドゥプレにだけは狙いを定めないでくれよ」

「本気ですか？」

「ああ。少なくとも、今の段階では、私は前向きに考えている。もっとよく話してみなければ、人となりはわからないが」

年甲斐《としがい》もないと言われそうなので心に秘めたが、シルヴァンは彼女の素直なところが気に入ったし、友人を褒めてからこちらを見上げた顔が、驚くほど可愛らしかった。

マルクはしばらく無言でこちらを見ていた。

この、恋愛に長《た》けた甥が彼女を誘ったら、彼女は果たしてダンスの相手をしただろうか、というのは正直言って、今も気になる。なぜかその結末を見たくなくて、シルヴァンが割り込んでしまったのは大人げなかったと思っている。

そんな叔父の気持ちも知ってか知らずか、マルクは急に眉間を開いて、ぽん、と手を打った。

「そうか、わかったぞ。公爵家としても、メリットがないわけじゃない。彼らは戦前に蓄えた金をたんまり持ち帰って本国に綿糸工場を三つも作ったわけだし、平和が戻った時には、持って生まれた狡猾《こうかつ》な手腕で、また宝箱のような綿花農場の権利を取り戻し、東国へのルートも確保できるというわけだ。でも、叔父さんが、そんな下心をひと言も言わないとは、意外と計算高いことに驚きました」

こんな理屈で、どうにか腹を収めると、マルクはようやく帰っていった。

――そんなことじゃないんだがな。

シルヴァンは、アンリエットという少女に思いを馳《は》せた。

ダンスを断られた時は、正直驚いた。これまで、社交の場で、ああいう反応をする女性はひとりもいなかったからだ。女性は踊る相手がいないことを最も恥じていて、誰もが皆、ダンスの誘いを待っているものだと思っていた。

彼女はそういう女性たちと違って、しっかりした意志を持っているのだ。

あの時足をくじいたなど、どう見ても嘘だろうというのは、その前後の行動で明らかだった。

――彼女は、もっと若いお相手のほうが好みなのだろうな。

その後、彼女がシルヴァンを敬遠しているのかどうかを確かめるために話しかけてみたが、会話はあまり噛《か》み合っていなかった。ところが最後に、とびきりの笑顔を見せられて、全てのためらいが吹き飛んだ。

まあいい、年の差は、年月を経て縮まることはないが、心の距離は次第に縮まるだろうと思うのだ。

――愛情というものは、ゆっくり育てればいい。

シルヴァンは悠長にそう構えていた。

第二章

そして舞踏会から一週間後の日曜日。

天蓋の前後に二つずつ、円筒形のガラスのランプをつけ、青い幌《ほろ》と車体に家紋を刻印した立派な馬車がネバシュ広場の前で止まった。ここは、公爵領きっての商《あきな》い所《どころ》である。

舞踏会で、アンリエットが公爵に対してひどく不躾《ぶしつけ》な態度を取ったというのに、彼はもう一度会いたいと言ってきた。

気に入る理由はないと思うので、破談すべき相手かどうかを改めて確認したかったのではないだろうか。

アンリエットは公爵の腕に手を添えて、大広場を歩きながら、彼の横顔をちらりと見た。今日の彼の装いは、青いベルベットに金ブレードで縁取りをしたコート、同色のブリーチズ姿だった。白いクラヴァットは薄地のローンで縁がレース仕上げだ。コートの上からでも、彼の体には無駄な肉が全くついていないことがわかる。

——やっぱり……、お父様と全然違う……。

一回り以上も年上の男性なんて、父親と同じようなものだとひとくくりに思っていたアンリエットの固定観念は、今回も覆された。彼は親世代というよりは大人びた青年というほうが近いように感じられる。

アンリエットはこの大市《おおいち》巡りにあたって、全身全霊で公爵に媚《こ》び、気に入ってもらわなくては家を追い出すと父に言われていた。周囲の評判をやたら気にしている父が、本気でそんなことをするはずがないが、女子修道院には入れられてしまうかもしれない。今も窮屈だが、そこはもっと自由の利かない場所だ。

結局、親の言うとおりに公爵の誘いを受けて出かけたが、彼女の気持ちはやはり、結婚相手の心を永遠に占める女性の存在に囚《とら》われていた。

——見た目に騙されちゃだめ、この人はわたしを愛する気持ちなどないのだから。

こう言い聞かせて、自分を幻滅させるような欠点を探したが、公爵は礼儀正しく、歩調を合わせてくれるし、薔薇の棘から守ってくれた時と同じように、混雑した通路ではそっと体を盾にしてかばってくれる。

「大丈夫？　足は痛くないかい？」

「はい、もう平気です」

こうして二人連れだって歩いてる間、周辺の買い物客たちが振り返って公爵に見入っている光景がよく見られた。

石畳の路地を進むと、アーケードの下で肉屋や魚屋、野菜、果物、チーズにパン屋、香辛料売りや薬草師などが店を広げて口上を並べている。広場中央では大道芸人が曲芸を披露し、道化師が宙返りをして喝采を浴びていた。

オレンジ色や黄色のテントの下では、異国からもたらされた絹地や手袋、扇、帽子などが色鮮やかに陳列されている。公爵領の繁栄ぶりが窺える活気ある市だ。

「この大市は、実は国王に誓願して税率を下げることに成功したので、これほど活気があるんだ。異国からやってくる珍しい布もたくさんあるが、貴女《あなた》はその——ピンク色がお好きなのかな」

無言で歩いているアンリエットに、公爵が尋ねた。今日の装いが少しグレーがかったピンクのドレスで——娘らしさを演出しつつ、鮮やかすぎない上品な色なのだそうだ——、それを見て言ったのだろう。

細かくシャーリングされたボディスの襟元には可憐《かれん》なフリルが縫い付けられ、肘から先にはゆったりしたオーガンジーの広い袖飾りが絶妙なドレープを生み出して、母の言葉を借りるなら、所作が女らしくしとやかに見える効果があるということだ。アンダースカートの上にかぶせられた共布は、まるでオペラ劇場のカーテンのようにたくし上げられていて、当世流行《はや》りの着こなしだという。

ドレスは無地でありながら饒舌《じょうぜつ》に陰影のできるデザインで、その上に少し肌寒いからと母が貸してくれたショールを羽織っている。髪は垂らして、種粒のようなシードパールを散りばめた金のバレッタでうなじの辺りで留めてあった。真珠は最も清楚に見えるということで、父に『このとんちきなバカ娘を少しでもしおらしく見えるように全力を尽くせ』と命じられた母の作戦である。

「これは……わたしが好きというよりも、全て母が見立ててくれたものなのです」

「そう、じゃあブルーはどう？」

それは、アンリエットが先日の舞踏会で着ていた色だ。

彼が必死に話題を探しているのがわかる。

「公爵様はどんな色がお好きなのですか？　この間は赤いアビを着ていらっしゃいましたね？」

「……ああ。あれは甥の勧めでね。甥は着道楽だが、私はまるで無頓着なんだ」

あの色を着こなすのはかなりの洒落者だと思ったが、意外と素朴な趣味だった。

「わたしもです。わたしは、なんだってかまわないんです」

「それは気が合いそうだね。本当は袖口にレースもつけろと言われたが、面倒臭いし……」

確かに、舞踏会で見た中で、アビの袖にレースどころか、リボンまでにぎやかにつけていた男性が多かったが、公爵はそんなふうに飾り立ててはいない。そしてサラサラとした黒髪を背中で無造作に束ねただけで、髪粉《かみこ》もつけず自然のままにしている。

「でも、わたしはそのほうが気に入っています」

媚びて尽くせという父の言いつけを守ったわけではないが、アンリエットが思ったままを言うと、公爵は照れたように笑った。

彼の穏やかな雰囲気についつられてしまい、我知らず微笑《ほほえ》み返したアンリエットだったが、慌てて気持ちを引きしめる。公爵がそんな彼女の心の変化に気づくはずもない。

「もしよければ、何か贈り物をしたいんだが、この中で気になるものがあればなんでも言ってほしい」

見れば、高価な宝飾品が並んでいるが、アンリエットは関心なさそうに『いいえ』と答えた。

「――では、あちらのほうが面白そうかな」

そして、少し急《せ》いたように誘われたのは、玩具の店だった。

「ダイスのゲームなんかは好きじゃないかい？　ビスクドールもあるね。ほら、とっても楽しそうだよ？」

――え？

もしかして、公爵はアンリエットを子どもとみなしているのではないのか。彼女が十一歳上の紳士は髪が薄くてお腹が出ているに違いないと想像したように、彼にとっても十一歳下の娘というのは世代が違いすぎる生き物ということなのかもしれない。

アンリエットはふと悪戯心《いたずらごころ》を起こした。

「本当ですね、これなんか素敵！」

そう言って彼女が指差したのは、安価な道化のブリキ人形だ。

髭面《ひげづら》に半分白目を剥《む》いたひょうきんな顔をし、腰に太鼓を提げ、右手にバチ、左手には長い笛を持って口に当てている。店番をしていた男が、背中についたネジを回すと、人形は太鼓を叩きながら足をジタバタさせ、さらには笛からシャボン玉を吹き出すからくりになっていた。

「よくできていること！」

と、アンリエットがはしゃいだそぶりで何度もネジを巻いて動かすと、二人の周囲がシャボン玉だらけになった。公爵の黒い髪にも泡が落ちて弾ける。

幼稚な振る舞いに彼が呆れて嫌悪感を抱くようにしようと考えたのだ。

「そ、そうかい？　――では、そのブリキ人形をひとつ」

公爵はそう言うと、髪についたシャボンの滴を拭いながら玩具屋に金を払った。

「へい、まいど」

道化人形はこうして店主から公爵へ、そしてアンリエットに差し出される。

「ありがとうございます。大切にします」

わざと子どものように喜んで見せたのはアンリエットの策略だったが、こうして直に公爵の手から渡されると、なぜか、本当に嬉《うれ》しくなってきた。

「楽しんでもらえてよかった。でももっと他にあればなんだって――」

そう言いながら、公爵は困惑気味な顔をしていた。

まさか、ここまで子どもっぽいとは思ってもみなかっただろう。もはや結婚対象としては考えにくいかもしれない。

「十分です、本当にすばらしい贈り物……」

大きな目を輝かせて公爵に微笑みかけながら、アンリエットは予想以上にうまくいきそうだと思った。こんなことを繰り返していれば、父の意向には逆らわずに愛想よく接しながら破談に持ち込むことができるのではないだろうか。

――もっと強調しなくちゃ。

彼女は、次は大きな四角い篭《かご》にいくつもの風車を入れて売り歩いている女に近づいた。

「あ、風車《かざぐるま》……！」

乳母が作ってくれた玩具を思い出して懐かしくなったというのもある。

あれと同じ、葉っぱで作られたような簡素なものは見つからなかったが、四枚羽のついているだけのものから、鳥の羽飾りがついたもの、日傘のような形のもの……、さまざまな商品の中から、アンリエットは鈴のぶら下がった風車を選んだ。すると公爵は「ほら」と言って、アンリエットにそれを持たせてくれた。アンリエットの手が、彼の手に包み込まれたままの状態で風車を高く掲げた時、ふわりといい風が吹いてきて、チリチリと風流な音を立てた。

「童心に還《かえ》った気分だ」

と言って公爵が笑顔を見せた。彼と目が合った時、アンリエットの心臓がとくんと鳴り、今更のように恥ずかしくなった。陽光が反射してきらきらした彼の鳶色の瞳が、心の奥まで照らし出すような純粋さで迫ってくる。

なんて素敵な笑顔だろうと思った。

こんな子どもじみた遊びにつきあってくれているのに、まんざらでもないみたいな、楽しげな表情で、こちらの反応を窺っている。

——大らかでやさしい人なのね。

そして、その目を見返す時、なぜかアンリエットの気持ちは浮き立って、幸福感に包まれていたのだ。

「ん？」

無言で見惚《みと》れていたら、公爵が首を傾《かし》げた。

「――あ、鈴……、ほら、鈴の音がします」

「うん、鳴っているね。ノスタルジックだ」

本当は鈴の音よりも、穏やかで耳に心地よい彼の声に聞き入ってしまう。そして、鈴よりもせわしく震えて高鳴るのは自分の鼓動だ。

――こんなはずじゃなかったのに……、どうしよう。

アンリエットは、ばかげた振る舞いで彼に嫌われようとしているのだが、どうやら自分のほうは逆に彼に惹《ひ》かれつつあるのだ。

そんな感情を持て余しながら、なすすべもなく彼と二人でその風車に耳を寄せていた時、風に乗ってふと奇妙な声が聞こえた。

――マァマ……！

アンリエットはハッとして、声のしたほうを見た。その先には黄色と緑の縞模様《しまもよう》のテントがあり、見せ物小屋のようだ。

サブロンでは、ああいったテントの下では象が曲芸をやって見せることが多かったが、ここカルミアでは、がんじがらめに拘束した猛獣を多くの犬に襲わせてなぶり殺しにするという残酷なショーが催されることが多い。

「見せ物小屋が気になるかい？」

「いいえ……、わたしはあまり」

言葉を選び、やんわりと否定してそのテントに背を向けながらも、アンリエットは耳を澄ませた。さっき聞こえたのは、サブロン語のようだった。

たまたまそう聞こえただけかもしれない。品物を見ているふりをして待っても、聞こえるのは他の大道芸への喝采やはやしたてる声ばかりだ。

――やっぱり、気のせいよね。

そして、陳列台にあった紙製の馬車に手を伸ばした時のことだ。

再び悲鳴が上がり、その次に、子どもの叫び声が聞こえた。

――タスケテ……！　イタイヨ……

アンリエットは振り返った。今度は聞き違いでも空耳でもなかった。

はっきりと、サブロン語で救いを求める言葉だとわかったのだ。

「どうした？」と公爵が尋ねた。

「あの……、やっぱり見てみたいです。あのテントのお店を」

野次《やじ》る声や口笛の音、手を叩いて煽《あお》る人々の喧噪《けんそう》の中に踏み込んでいくような気持ちで、黄色と緑の縞《しま》のテントを見つめると、公爵は彼女の肩をそっと抱き寄せた。

「いいよ、行こう。人が多いのではぐれないようにして」

こうして雑踏をかき分けると、そこにはいくつかの檻《おり》が並んでいて、それぞれがカーテンで塞がれていた。それは店主に料金分のコインを渡すことによって、わずかな時間だけカーテンが開けられて覗《のぞ》けるという仕組みになっていた。

「さあさあ、見てのお楽しみ！　開けてのお楽しみ。絶対に損はさせません、見ないと一生後悔しますよ！」

と店主らしい男が口上を述べて客引きをしている。

ひとつ目の檻では、小動物と蛇を戦わせていた。

二つ目の檻には、異形の魚のミイラが展示され、生前はこのような姿であっただろうという想像図も並べられていた。

「ここも違う……」

およそ趣味がいいとは言えない見せ物のひとつひとつに料金を払いながら、五つ目の檻を覗いた時だった。

彼女は目を瞠《みは》った。そこには、十になるかならないかの少女が囚われていて、その後ろで生成りの長いシャツの裾をまくり上げた男が鞭《むち》を手にして立っていた。

幕を開けると同時に少女は男から鞭打たれ、ギャッという叫び声を上げたが、すぐに幕は閉まった。

アンリエットは震えた。

——何……、今の？

「さらに百ルードをこの箱に入れてくださったなら、もう一回鞭打ちますよ」と背後で二人を見ていた店主が言った。

「やめて！」

アンリエットは店主に無断で幕を開け、中を覗いた。

鉄格子を両手で掴《つか》んでじっと少女を見た。俯《うつむ》いて泣きじゃくっていて、顔は見えない。

乳姉妹のポランではないかと思ったが、よく考えれば彼女はアンリエットとたいして年が変わらないので、人違いだった。だからといって、非道には違いない。

「勝手なことをされちゃ困ります、お客さん」

と、乱暴に幕を閉ざされ、アンリエットはその男を見上げて睨《にら》んだ。

「どうしてあんなひどいことをするの！」

「なんでって、そりゃあ――そいつはサブロン人、敵国の子どもですよ。我が同胞を殺した国の人間ですから、あれくらいのことをしたって当然です」

「バカじゃないの？　小さな子に罪なんかないのに」

アンリエットは、思わず口汚い言葉をその男に向かって吐き捨てた。

幕の向こうから、苦痛に呻《うめ》き、すすり泣く声が聞こえている。

「ママァ……！　イタイ……ママァ」

アンリエットはたまらなくなって耳を塞いだ。

ママというのはサブロンの子供たちが母親を呼ぶときによく言う幼児語だ。悲しいことに、耳を塞いでも音は聞こえてくる。

「マドモアゼル？　気分が悪くなってしまったんだね。この場を離れたほうがいい」

アンリエットの異変に気づいた公爵は、彼女をやさしく抱き寄せると、見世物小屋から立ち去ろうとした。しかし彼女は動かなかった。

親から、サブロン語を話してはいけない、わかるふりもしてはいけないと常に言われている。だが、意味を理解してしまった以上、通り過ぎることなどできないのだ。

アンリエットは両耳から手を離すと、手提げのバッグに手を入れた。何その中には何かあった時のためにと、父が千ルードの小遣いを持たせてくれていた。

彼女はその金貨を店主に突き出した。

「へ、へえ、一回百ルードですから、十回鞭打つんですかい？」

「違うわ。これで、あの子を自由にするのよ」

すると、店主はぎょろりと目を剥いて言った。

「馬鹿言っちゃいけません！　お遊びじゃあありませんや」

「じゃあ、あなたがあの檻に入って十回鞭打たれるがいいわ」

そうすればお遊びなどではないと身をもって知るだろう。

「何を言っているのか、わけがわかりませんな」

こうして店主とアンリエットが睨《にら》み合っていると、公爵が口を挟んだ。

「マドモアゼル、いったい何がしたいんだい？」

「旦那ぁ、どうぞ、このお嬢さんを連れてお引き取りください。いくらお客様でも、商売の邪魔をされてはこっちも黙ってはいられませんや」と店主が今度は公爵のほうに訴えた。

アンリエットも公爵に向き直って言う。

「あの、お願いがあります」

「え？　なんだい？」

「もしもわたしに何かをくださるとおっしゃるのなら、買ってほしいものがあります」

「え……？」

公爵は驚いた顔をして、見世物小屋に視線をやった。
十六、七の娘のほしがるようなものがそこにあっただろうか、とでも思ったか、彼は鳶色の目を巡らせていたが、華やかな装飾品も面白い玩具もそこにはない。
「何がほしいって？」

アンリエットは檻を指差した。

「今、そこで鞭打たれていた女の子です」

公爵が、微《かす》かに息を呑む音が聞こえた。

「しかし……、我が国では人身売買は禁じられている」

「ええ、知っていますとも！　でも、おかしいです。人身売買がだめで、こんな野蛮な見世物が認められているなんて、そっちのほうがよほど異常です」

久しぶりになつかしいサブロン語を聞いた興奮と、酷《ひど》い行いへの憤りにより、アンリエットは父との約束をすっかり忘れてしまった。だが、これはサブロン語がわかってもわからなくても、どこの国の人間であろうと同じだ。

「公爵様はわたしに贈り物をくださるとおっしゃいました。ブリキ人形や風車は自分で買います！　どうかお願いします。このお願いを聞いてくださったら、破談にしていただいてかまいませんので」

全く図々しいとは思ったが、自分が今ここを離れたら、次の客がコインを入れ、あの子はまた鞭打たれるだろう。

公爵は心の中まで探るような真剣な目でアンリエットの顔を覗き込んできた。

それから、何を読み取ったのか、彼は店主に視線を巡らせた。

「そこの者」

と、彼は言った。

「へ、へい」

「この鞭打ちで一日に得る金はいかほどだ？」

「そ、そら……、こんなとこでは言えませんや」

「それならば、二百回分支払おう。その鞭打ちをやめさせろ」

「へ、へえ？　冗談いっちゃいけませんぜ、旦那まで一緒になって」

「なぜだ？　大人でも鞭打ちを百回もされれば重傷だ。子どもなら死ぬだろう。死んで使い物にならなくなるくらいなら、一度も鞭を振るわずに二百回分の金を取るほうが得策だろう」

「……死ぬなんて、そ、そんなこたぁないと思いますがね」

店主はそわそわとして、分厚い唇を舐《な》めた。金勘定をしているような目だ。

「つまり……、旦那は、二万ルードをくださるんで？」

「その娘を自由にして安全な場所へ逃がしてやるのなら、そうするつもりだ」

「安全な場所とはどういうところですかい？　こんな異教徒の子どもを」

「そうだな、フォンドリー界隈《かいわい》はどうだ」

アンリエットもその地名は知っていた。サブロン人などの移民たちをカルミアの人民から隔離するために設けた特別な区域で、移民が許可なくそこから出ることは許されず、逆にカルミア人もその場所だけは干渉できない。夜間は鉄の門によって閉ざされており、その地区の内では、市場や病院、学校まで揃《そろ》っているという話だ。

「なるほど」

店主がぽんと手を打った。

「そういうことなら考えさせていただきますぜ」

公爵は言った。

「前金で一万ルード。間違いなくフォンドリーに連れて行ったのちに残りを支払おう。傷の手当てもしてやれ。二度とこのような忌まわしい見世物をこの場所で営むことはならん」

これを聞いたアンリエットは深く頭を下げた。

「おやさしい公爵様、ありがとうございます！　この御恩《ごおん》は一生忘れません。ですが、フォンドリーにはわたしが連れて行きます。この人、前金だけ取って行方をくらますかもしれませんから」

「なんだっ……と、……え？　こ、公爵だって？」

店主が素っ頓狂な声を上げたが、それには目もくれず、公爵がこちらを見た。

「それも一理あるな、マドモアゼル。……だが、そんな危険な場所にひとりで行かせるわけにはいかない。私が一緒に行こう」

こうして、公爵とアンリエットはそのサブロン人の子供の身柄を引き受けることになった。

縄を解かれ、檻から出された少女を、公爵が抱き上げた。

それから、アーケード下の薬草師からオルヴィエタンの練り薬を買って、馬車に戻った。公爵とアンリエットは向かい合って座り、アンリエットは自分の膝に少女を寄り掛からせた。

褐色の縮れた髪も日焼けした肌も、乳妹のポランを思い出す風貌だ。

少女の粗織りの衣は背中が破れてズタズタになっており、その肌には幾筋もの鞭打ちの後が痛々しかった。自分の第二の故郷とも思えるサブロンの子どもに、カルミア人がこんなひどいことをしたということがおぞましい。

アンリエットはできるだけ丁寧に手当をしたが、少女が怯《おび》えて震えているのが膝に伝わってくる。

「ひどいことをするわね……、本当に」

そんなことを呟きながら、薬を塗り終わると、彼女は自分が羽織ってきたショールでその少女をそっと包んでやった。サブロンの農園で育った綿花から作られた柔らかなガーゼの二重仕立てになっているので、傷にもやさしいだろう。

アンリエットはその耳元で、サブロン語で教えてやった。

「もう大丈夫よ。これからは、誰もあなたを鞭打ったりしないから」

母国語を聞いて安心したのか、少女はしばらくめそめそと泣いていたが、やがて眠りに落ちた。

馬車は公爵領の外れに至り、フォンドリー地区に入った。頑丈な鉄の門の脇には門番の小屋がある。そこは夜は出入りを禁じられるが、昼間は解放されていた。

公爵とアンリエットは、少女を馬車から降ろして、門の前に立った。

「私たちが送れるのはここまでだ。さあ、行きなさい」

子どもは不安そうな顔をして立ちすくみ、こちらを見上げた。アンリエットは腰を落として少女に視線を合わせて言った。

「ほら、お堂が見えるでしょう？　真《ま》っ直《す》ぐにあそこに行くのよ、助けてもらえるわ」

彼女の差した指の先には、異教の聖堂の屋根がそびえていた。聖職者の手に委ねれば、少女は生き延びるだろう。しかし、カルミアの人間がフォンドリーに入れば、袋だたきに遭いかねないので、ここでお別れだ。

「これをあげるわ」

アンリエットはそう言って、公爵に買ってもらった風車を少女の手に持たせ、小遣いとして持たされた千ルードも彼女のまとっているショールの端に包み込んで、少女の手にしっかりと握らせた。

「さ、行きなさい」

少し強い口調で彼女が言うと、少女はとぼとぼと歩き始めた。フォンドリーの門扉の向こうから、騒々しい声が聞こえて、その中には、サブロン語で『カルミアの豚ども！』『敵が来た！　やっつけろ』と言う罵声もあった。

「危険だ。私たちも立ち去ろう」

と、公爵は言った。彼が言わないまでも、怒声と共に石つぶてが飛んできて、鉄門に当たってけたたましい音を立てている。一刻も早く逃げないと、怪我《けが》を負わされそうな剣幕《けんまく》で、異国の人々が駆け寄ってくる。

公爵は、自分のアビを広げてアンリエットを囲い込み、彼女をかばうようにして馬車まで走った。動き出した馬車の窓から見ると、サブロン人の少女は聖堂の入り口に無事たどりつき、迎え入れられるところだった。

——よかった……。

「ありがとうございました、公爵様……」

礼を言うアンリエットの声は震えていた。安堵《あんど》と共に、恐怖心が今さらのように湧いてきて、感動と恐れの混じった涙が溢《あふ》れて止まらなかった。

「大丈夫、もう大丈夫だから」

公爵はそう言って、アンリエットの頭をやさしく撫《な》でてくれた。

こうしてフォンドリーを発《た》った後、馬車でアンリエットを家に送ってくれるまでの間、公爵はほとんど何も喋《しゃべ》らなかった。思い返せば、今日もアンリエットは父の意に反したことばかりしてしまった。

わざと子どものように愚かしく振る舞っただけでなく、見せ物屋の店主を口汚くののしったし、公爵に大金を使わせ、彼の前でサブロン語を話してしまった。

父がスパイ扱いされることを極度に恐れていたというのに。

これで確実に公爵との縁談はなくなった。

——いいじゃないの、大成功でしょ？　計画どおりよ。

そう胸の内で呟きながらも、アンリエットの心は決して晴れてはいなかった。

風車は少女にあげてしまい、奇妙なブリキ人形を持って帰ってきたアンリエットに、父はどうだったとしきりに尋ねてきた。はっきりした返事をしない娘に、父はいらいらしていたが、母はぽつりとこう言った。

「アンリエット……、ショールはどうしたの？」

こういうことに関しては、やはり女親のほうが目敏《めざと》い。

サブロン人の子どもを救出して、それで彼女の体を包んでフォンドリー界隈まで行ったなどと言えるはずもない。しかも、公爵に二万ルードも払わせてしまったのだ。

「あれ、とても気に入っていたのよ」

母がもう一度言った。アンリエットは、それが母からの借り物だということをすっかり忘れていた。

「え、……えっと、あ、公爵様の馬車に忘れた……かも……？」

「なんですって……？」

「公爵閣下の馬車に置き忘れた、だと？」

父が突然大声を張り上げた。また叱られるのは間違いない。

ところが、両親の反応は意外なものだった。

「でかしたぞ！　アンリエット」

「は？」

「おまえにそのような小賢《こざか》しい知恵があるとは思わなんだが、なるほど、馬車に忘れておけば、それを返すために、近々もう一度閣下と会う口実ができるではないか」

――いや、それは絶対にないわ。

ショールはフォンドリーという特別な場所にあり、二度と戻ってこないだろう。

娘の考えなどわからないであろう父はなぜかにやついた顔で、さほど困った様子も見せず、こう言った。

「しかし……、参ったな。実は、アンリエットがあんな仏頂面で、踊りの誘いにも乗らなかったにもかかわらず、なぜかおまえを嫁にという申し入れがいくつか来ておる。公爵閣下が脈ありならそちらは断らねばならぬが、さりとて、そうでなければ……いや、はやまることはない。公爵から次の沙汰があるまでは、他の男たちはしばらく気を持たせて引き留めるか――」

これには、アンリエットも驚きを隠せなかった。

窮屈な女子寮つきの学校に行かされると、半ば諦めていたのに、公爵が駄目なら次が控えていたらしい。おそらく、舞踏会で声をかけてきた男性たちだろうが、彼女にはほとんど顔も思い出せなかった。

「そういった話は、全て断ってください」

決然と言ってのける娘に、父はその妻と顔を見合わせ、それから破顔した。

「そ、そうか！ それほどに自信があるのならよし……。閣下とて、そこいらの雑魚どもと天秤《てんびん》にかけられたなどと後でわかればいい気もしないであろう。すぐに断るぞ。……すると、いよいよ娘が公爵夫人になるのか？ 悪くない、こいつは最高だ」

父は勘違いして、すっかり上機嫌だ。

公爵から次の誘いなどくるはずもなく、父の怒りが再び頂点に達するのも時間の問題だ。

だが、彼以外の他の男性と愛し合って結婚できるかと言えば、全くないと思った。

次の候補者の中に、全身全霊でアンリエットのことだけを想ってくれる人が仮にいたとしても、彼女自身が愛せなければ、苦痛でしかない。

それなら、誰とも結婚しなくていい。

公爵には少々申し訳ないことをしたとは思っている。

わざわざつれない態度を取って破談にするほど、彼は嫌な男だったか？

亡き恋人を忘れられないのも、それほど大切に愛情を育てたということなのではないのか。

実際、複数の女性を手玉に取るというようなずる賢さは、彼からは感じられなかった。

それに引き換え、自分は馬鹿なことばかりしてしまった。

愛想をつかされて当然だ。

陽気な父の鼻歌を聴きながら、アンリエットは無性に悲しくなった。

フォンドリーの前で、彼がアビを広げて自分を守ってくれた光景が思い出された。馬車の中で、涙が止まらなくなってしまったアンリエットの頭を、静かに撫でてくれた彼の温かさを思い、もうあのやさしい人には二度と会えないのだと覚《さと》った。

破談を望んでいたはずなのに、叶《かな》うとなるとすごく寂しい。

――出会わなければよかった。

出会わなければ、失うことなどなかったのだ。

＊　＊　＊

ところが数日後、思わぬ知らせがやってきた。

それは公爵からの正式の結婚申し込みだった。

いちばん驚いたのは、アンリエット自身だった。

両親は、なにかしらの勘違いによって手応えを感じていたらしいが、大市で起こったできごとを知れば、絶望したに違いないのだ。

嬉しくないかといえば、嬉しい。だが、ひとつだけどうしても引っかかる。

「おめでとう！　すばらしいご縁談だわ。それも当家の舞踏会が出会いのきっかけだなんて、本当に嬉しい」

「ありがとう、クリステル」

「……どうしたの？　幸せそうに見えないわ。悩みでもあるの？」

クリステルは真っ先に祝福してくれたが、アンリエットが素直に喜んでいない様子にもいちはやく気づいた。彼女は聡明《そうめい》で、心から誇れる友だちなのだ。

「クリステルは結婚して、幸せ？」

「ええ、もちろんよ。毎日が楽しいわ」

「その……、愛し合っているの？」

彼女も親の決めた相手と素直に結婚して、今、新婚生活一年目である。

サブロン育ちで、本国になじめないであろう娘のために、父が彼女に頼んで友人として、本国の社交界になじむよう教育を施してもらっていた。

彼女は家庭的な、模範的な貴婦人というだけでなく、聡明なのだ。

「もちろんよ。夫のために、今はクラヴァットに刺繍をしているの。彼が喜ぶ顔を想像して、ひと針、ひと針、縫っていると愛情が高まっていく感じがするの。誰かのために手を動かすのは幸せよ」

「旦那様も、あなたを大切にしてくれているのね？」

アンリエットがそう尋ねると、クリステルはぱっと頬を薔薇色《いろ》に染めた。

「ええ。結婚するとね、特別なものが生まれるの。彼の素敵なところがどんどん見つかって、わたしの心にたまっていく感じよ」

「そういうものなの……？」

「もともと尊敬できる人だったけど、結婚して、前よりもっと好きになったわね」

「うらやましい……」

「あなたのほうこそ、誰もがうらやむような方と結婚するのに、どうしたの？」

アンリエットは『誰にも内緒よ』と言って、彼女に打ち明けた。

「実は、公爵様には恋人がいたのよ」

「えっ？　……本当に？　嘘――公爵様の醜聞なんて聞いたことないわ。何かの間違いじゃなくて？」

「いいえ、間違いないわ。舞踏会の時に公爵様本人がそう言っていたんだもの」

「あなたに？」

「ううん、別の男の人に言っていたのが聞こえてしまったの。もう亡くなった方だから、裏切られたとかそういうのではないけれど……でも、一生忘れられないって、はっきりとおっしゃったわ。そりゃあ、そうよね。亡くなった恋人の面影は、彼の心の中で色褪《いろあ》せず、永遠に美しいままま。……一生別の女性を想い続ける夫をどうやって愛せと言うの？」

いや、すでにアンリエットは彼に惹かれていたから、愛することはできるがそれはさぞ辛いだろう。

「まあ……、アンリエット――」

クリステルはしばらく口ごもり、慰めの言葉を懸命に探しているようだった。

「それはとても悲しいことだけれど、貴女はどう？　もしも、そのことを知らなかったとしたら、公爵様をどう思う？」

「それは、とてもいい人だわ。見目麗しいだけじゃなくて、正義感の強い人だし、寛大でやさしくて、面白いところもあるの」

アンリエットを子どもだと思って、玩具売り場で真剣に品定めをした時は笑ってしまったけれど、にくめない人だなと思った。

シャボン玉まみれになって、それから風車の鈴の音を一緒に聞いただけなのに、なぜかあのひとときが今までになく美しく幸せな時間として心に残っている。

サブロンの子どもを助けてくれた時は、頼もしくて、心から尊敬できると思った。

そして、アンリエットの数々の無礼な振る舞いを彼は寛容に受け止めてくれた。アンリエットは今、それを後悔しているのだった。もっと素直に好意を表すことができればよかったのに。自分のひねくれた性格が悔しい。

クリステルは言った。

「でも、愛し合って結婚したいのね。たとえば公爵様に正直にお話ししてお断りしたとして、別の人となら愛し合えると思う？　あなたのことをとても愛してくれさえすれば、あなたのほうから全然好きになれない人でも？」

「それは無理だわ。他の人は全く目に入らなかったから。……恋人のことを知らなければ、わたしはきっと公爵様を愛してしまったと思うわ。でも知ってしまったことはもうなかったことにはできない」

「だったらお別れするしかないのかしら。でも、公爵様だって過去のことは忘れようとしていらっしゃるのかもしれないでしょう？　あなたとの暮らしが楽しくて、昔の人のことは思い出になって薄れていくかもしれない。その可能性を信じてみる気はない？」

「可能性？」

「そう。ゼロじゃないと思うの」

「初恋なのに……一生片想いかもしれないのに？」

「もし、あなたが少しでも公爵様を好きなら……。片想いのまま側にいるのは辛いかもしれないけれど、そういう理由ではおそらく、この縁談はなくなることはないでしょう。わたしたちは、親に逆らうにはあまりにも非力なのだもの」

クリステルの言うとおりだった。

そして、公爵の亡き恋人について知ったことをなかったことにはできないと同じように、公爵の人柄に惹かれてしまっている自分の心も、もうなかったことにはできなかった。

「ね、公爵様のクラヴァットを縫ってみない？　縫っている間、自分の心を見つめることができるし、きっと愛情も高まるわ」

クリステルに勧められて、端切れをもらい、アンリエットも慣れない手つきで刺繍の練習を始めた。

「まず、まっすぐに鎖の目を編んでみて」

クリステルに教えられて、彼女は赤い糸を三本取りにして布をひと針すくい、ループを作ってくぐらせた。

「そうそう、いいわ。その調子。公爵様のことを想いながら縫うといいわよ」

クリステルは刺繍を通して、何かを教えようとしているみたいだ。

「あなたはとても上手《うま》いのね。ああ、また歪《ゆが》んじゃった」

「焦らないで、アンリエット。すぐには上手にならなくても大丈夫だから。愛情を育てるのと一緒よ」

なるほど、しかし随分と不器量な愛情だと、アンリエットは自分の刺繍を見ながら苦笑してしまった。

「それからね、……これは私からの忠告なのだけれど」

と、クリステルは声をひそめて言った。

「公爵様とよく一緒にいらっしゃるマルクさんに気をつけて」

「マルク……さん？」

「ええ、ジュアン伯爵のご子息で、公爵様の甥御《おいご》さん。赤毛の魅力的な方だけれど」

「その方がどうかしたの？」

「ご親戚だから、無視はできないでしょうけれど、ロマンスとアバンチュールがとてもお好きなことで有名なの。……それも度が過ぎることがあるって聞いたから、深入りしないように、心から警告するわ」

「何かあったの……？　あなたがその人と舞踏会で踊っていたのを見たけど？」

「お客様だから、お相手はするわ。あなたもこれから、そういうことがあるでしょうけれど、ふたりきりにならないよう、気をつけるにこしたことはないわ」

ふだんは、むやみに人の悪口を言ってはいけないと言うクリステルにしては珍しい発言だったので、よほどのことだろうと、アンリエットは心に刻んだ。

第三章

それから四ヶ月の間に、公爵と二度、両親随伴しての顔合わせなどをしただけで、互いの気持ちを改めて語り合う機会もなく——それは、父に言わせると『ひねくれ者のアンリエットの化けの皮が剝《は》がれる』のを恐れて、両親が二人で会うことを避け、結婚の手続きを優先させたからだ——慌ただしく過ごしながら挙式の日を迎えた。

式場となった聖アペンヌ教会は、公爵シルヴァン・ドゥ・ラトゥールが洗礼を受けた教会であり、公爵家代々、ここで結婚の儀を執り行ってきたという。

ステンドグラスから七色の光が降り注ぐその下で、シルヴァンは白いベルベットに金糸刺繍を施した豪華なアビをまとい、同じ白ベルベットのブリーチズ、クラヴァットは生成の絹で、それと揃いの布が袖口を飾っており、黒い髪がよく映えていた。

斜め掛けした赤い飾帯には勲章がいくつも輝いている、儀式用に腰から提げたサーベルは柄の部分に銀の装飾が彫られ、金の房が吊《つ》り下げられており、隣にいるアンリエットも目が離せないほど立派だった。

新婦アンリエットのドレスの色は、純白ではなく、公爵のクラヴァットと揃いの生成《きなり》で、後ろに裾を引くサックドレスだ。無漂白の絹地は真珠のように上品な光沢を持つことを計算したドゥプレ夫人の見立てだったが、見事に若い花嫁の初々しさを引き立てていたようで、身廊を歩く間にも、称賛の声が聞こえてくる。

胸元には黄金の台座をつけた大きなバロック真珠が、無数のメレダイヤで飾った白いオーガンジーのリボンを通し、花嫁のうなじで結んで背中に垂らしてあった。

シンプルだが、アンリエットが歩くたびに微細な粒のダイヤが輝いた。

王妹のエノー公夫妻をはじめ、今をときめく名家の面々が招待され、厳粛な雰囲気のうちに誓いの言葉が交わされると、司祭が「それでは誓いのキスを」と言った。

アンリエットはびくりと身じろぎしたが、公爵はなんのてらいもなくこちらに向き合って一歩前に出た。緊張している新婦の両肩にやさしく手を置いて、ゆっくりと背を屈める。

凛々《りり》しくも美しい顔が近づいてきて、アンリエットは恥ずかしくなって俯いた。

公爵の指がその顎を軽く持ち上げる。

婚約中にも、こんな触れあいは一度もなかったので、アンリエットの心臓はひっくり返りそうだった。目を閉じていても、視界が翳《かげ》ったのが瞼越《まぶた》しにわかる。

ふわりと唇が重ねられた。

彼の唇は思ったより柔らかく、衣擦《きぬず》れの音とともに、ヒイラギモクセイの気品のある芳香が漂ってきた。彼の衣につけたパルファンだろうか。

そして、賓客たちから歓声が上がり、夢見心地のキスの時間が終わる。

こうして、二人の結婚の儀は無事終了した。


晴れて夫婦になった後は公爵邸に場所を移し、深夜まで祝宴が続いた。

異国からわざわざ職人を招いて作らせた創作菓子は、公爵邸をモデルにしており、淡いブルーで色づけされた砂糖でアイシングされた城、緑色の香草を芝生に見立てた庭、ゼリーで作られた池の対岸に、田舎情緒のあるの小さな小屋が配置されたところまで忠実に再現されていた。

トリュフ尽くしの前菜、アスパラガスのクリームソース煮、鶏肉《とりにく》のポタージュ、仔牛《こうし》のフィレのピカントソース添え、フランベした羊肉、フォアグラ、鱒《ます》のパイ……、デザートは果実のシャンパン漬けや、ゼリー寄せ、氷菓子など贅《ぜい》を凝らした料理が途切れることなく提供された。

そして、極めつけに、招待客への引出物のボンボニエールがまた素晴らしい。

ボンボニエールとは招待客の持ち帰り用砂糖菓子を入れる容器のことを指すが、このデザインが息を呑むほど雅《みやび》やかな銀製の馬車なのである。

繊細なデザインの幌が蓋になっており、それを開けるとピンクとミントグリーンに彩色された砂糖菓子が入っているのだった。

これが数百人の賓客たち全てに配られた時は、とりわけ、貴婦人方が感嘆の声を上げたものである。

＊　＊　＊

こうして長い宴が終わったその夜。

湯あみをして、髪の一本一本から足の爪の先まで磨き上げられたアンリエットは、しなやかな絹の夜着をまとって寝室で待つことになった。

——あと少し……。

彼女は夫を待ちながら、真新しい絹地に金糸を縫いつけていた。

友人に勧められてクラヴァットの縁《へり》に刺繍をしていたのだが、不器用なため、婚礼の前夜遅くまでかかっても間に合わなかったのだ。連日夜なべをした上に、長い祝宴で、アンリエットは疲れ果てていたが、ついに最後の仕上げに入ろうとしていた。

刺繍は、あと葡萄《ぶどう》の葉っぱを一枚縫うだけだった。クリステルのお手本どおりになかなかいかなくて、針目の大きさが不揃《ふぞろ》いだし、均一に縫うべき模様が、縫いはじめは細かいのにだんだん荒くなっている。

「やっぱり、これはひどいわよね……」

彼女は自分の不器用さにがっかりしながらも、黙々と手を動かす。

その時、控えめにドアを叩いて、公爵が入ってきた。

彼女は慌てて、サイドボードの引き出しにそれを押し込んだ。

「公爵様」

そして立ち上がって夫を迎える。

「これはこれは、公爵夫人」

彼はそう言って、右手を自身の左胸にすっと引き寄せ、大げさに挨拶をした。アンリエットが夫を『公爵様』と呼んだのでからかったのだろう。

「湯浴《ゆあ》みはすんだかい?」

「はい」

そう答えてみたものの、あとは何をしたらいいのだろうか。

よく考えたら、結婚というものが、どういう暮らしなのか、アンリエットはよくわからないままに嫁いできた。これからどうすればいいのか、どういう態度をとったらいいのか。

――クリステルが言っていたわ。結婚すると、特別なものが生まれるって。

それはきっと、これから行う何かから始まるのだと思う。

「疲れただろう？」

彼はワイングラスを二つ持ってアンリエットに並んで座った。白いガウンをはおっているが、その下には裸の胸板がちらりと覗いていた。彼女は慌てて目を逸《そ》らした。

「湯あみの後で、のどが渇いただろう。果実水《かじつすい》を持ってきた」

――果実水！

ワインではなく、果実水？

「……ありがとうございます。いただきます」

アンリエットは確かに緊張でのどが渇いていたので、夫の手からそれをもらい受けて飲んだ。

公爵のほうは、それとは少し色みが違っていたし、彼のグラスからは芳醇《ほうじゅん》な香りが漂っていたので、どうやらアンリエットだけが水っぽいものを飲まされたようだ。

「眠れないならバックギャモンをするか？　それとも……」

公爵はそう言って寝室内を見回してカードを探していたが、木彫りの小卓の中段に置かれたブリキの道化師人形にふと目を留めた。　アンリエットが大市で初めて彼に買ってもらった贈り物なので、大切に嫁入り道具として持参し、寝室に飾っておいたのだ。

「これはいいな。初めて貴女とデートした日を思い出す。……シャボン玉でも飛ばすか？」

「でも……公爵様」

「シルヴァンだ」

「あ、そうでした。あのブリキ人形には、シャボン玉の液は今は入っていません。運ぶときにこぼれるといけないので。誰かに頼んで作ってもらわないといけないし、夜遅くにそんなことを命じてはいけませんし」

「確かにそうだな。……ああ、この引き出しについての説明を忘れていた」

「引き出し？」

彼の指さした先は、ブリキ人形の置かれた、五角形の台の下だ。この調度は壁の角に据え付けられた、小さいが背の高い棚のようなもので、天蓋と床のちょうど真ん中あたりの仕切の下部が引き出しになっていた。

「引き出しは左右に分かれていて、右には私のもの、左には貴女の大切なものを入れるようにと決めてある。朝になったら貴女の引き出しの鍵をあげよう」

「大切なもの――」

アンリエットは何を入れようかと考えて、それよりも、彼の引き出しに何が入っているのかとても気になった。

「これは公爵家代々引き継がれた貴重品入れで、側面の木彫りはラトゥールの紋章がデザインされているのだよ」

と、付け足された説明に、あらためて彫刻を見ると、アイリスの花と馬の頭らしいモチーフの連続模様になっていた。

「ごめんなさい！　そんな大切な家具にブリキの玩具なんて置いてしまって」

ちょうどよく収まる空間だったからと、言い訳すると、公爵は笑って言った。

「いいんだよ。私が初めて貴女に贈ったものを大切にしてくれるのは嬉しいからね。では、私たちのこれからについて、話をしようか」

「はい」

新妻の心得を教えようというのだろうと思って、アンリエットは姿勢を正した。

「疲れているだろうからベッドで」

公爵にそっと肩を抱えられ、ベッドの側まで歩いた。彼が先に床に入り、上掛けを持ち上げて言った。いよいよ初夜の儀式かと、アンリエットは身構えた。

「おいで。そんなに緊張しなくても大丈夫だよ。さあ、横になって話そう」

彼はガウンを羽織ったままだった。アンリエットはアナウサギが巣に潜り込むようにそろそろと入っていった。

彼女が隣に収まったのを見届けると、公爵は少し体をずらせて仰向《あおむ》けになった。

ベッドサイドのランプの光で、天蓋がぼんやりと浮かんで見える。

アンリエットも上を向いてシルヴァンの隣で身じろぎもせずにいた。そしてちらりと目だけを動かして彼を見た。

彼は横顔も整っていて美しかった。

ランプの炎が反射して、彼の瞳がきらきらして見える。見た目も麗しいが、聡明な親友、クリステルに言わせれば、悪い評判は全く聞かないというし、実際、結婚したとたんに妻を奴隷扱いしたり暴力を振るったりという、他人にはわからない悪癖も、今のところなさそうだった。

親友のクリステルは、結婚してから夫の素敵なところがひとつずつ見つかってたまっていく、と言っていたが、アンリエットはもう既にたくさん見つけすぎて、心にたまるどころか、溢《あふ》れ出《だ》してしまいそうなのだ。

——どうしてこんな人が、わたしを選んでくれたのだろう？

と、考えて、すぐにアンリエットは思い直した。

——お父様がお金を注ぎ込んだと言っていたから、持参金をはずんだということね。

そんなことをあれこれと考えていると、突然公爵が視線をこちらに流したので、はっきりと目が合ってしまった。

おや、という顔をしてから、彼は笑った。

「アンリエット」

「はっ、……はい！」

「家が恋しくはないかい？　寂しかったら実家から慣れ親しんだ侍女を呼ぼうか？」

「え？　いいえ、そんなことはありません。大丈夫です」

そもそも家を出てまだ二日しか経《た》っていない。

「でも、お気遣いありがとうございます」

「私は貴女を妻に迎えることができてとても嬉しい。年の差はあるけれど、私は貴女が大人になるまで気長に待つから、焦らないでほしい」

「……はい？」

十七歳といえば、社交界的には大人の仲間入りをしたとみなされる年だが、彼からみたら相当幼く見えるのかもしれない。

ふとベッドが沈んだ。彼が身を起こしたのだ。

片肘をついて上半身を覆いかぶせてきたかと思うと、シルヴァンは新妻に顔を重ねた。

軽く触れるだけのキスをして、彼は言った。

「おやすみ、アンリエット」

――ええぇ？

アンリエットが目を瞠っている間に、彼は静かに体勢を変え、彼女に背を向けた。

彼女はしばらく待ったが、シルヴァンはそのまま動かなかった。

やがて、寝入ったのか、起きているのかはわからないが規則正しい呼吸の音が聞こえて、それっきりだ。

――どうして？　どういうこと？

アンリエットは眠れるはずもなく、彼が寝返りをうつたびにふと感じる高雅な香りに胸を高鳴らせ、次に彼がどうするのかを待っていたが、結局、朝まで何も起こらなかった。

こうして、アンリエットは処女のまま結婚初夜を過ごしたのだった。

＊　＊　＊

翌朝、身支度を調えて食事室に行こうとすると、メイドが赤いアビを抱えてやってきた。

「奥様、旦那様のアビのボタンがひとつなくなってしまいましたが、どうしましょうか。以前

でしたら、下の者に払い下げなさることもありましたが」

「あ、これは……」

見覚えがあると思ったら、彼女がシルヴァンと初めて会った日に、彼が着ていたアビだった。ふと胸が甘酸っぱく締めつけられた。ボタンはドーム形の黒曜石が金の網細工《フィリグリー》の台座に留められており、なかなか高価なものだと思う。

蔓模様の金線に包み込まれた黒い宝石は、まるでシルヴァンの髪の色、彼その人のような高貴さだ。

しかし、左右で一対なのに、片方を失ってしまったのでは使い物にならない。

「払い下げはしません。今度、シルヴァンと新しいボタンを探すわ。この残ったボタンは外しましょう」

そしてアンリエットは黒曜石のボタンを預かり、アビは衣装部屋にしまうように命じた。たとえシルヴァンが不要と言っても、彼女にとっては大切な思い出の品だ。

——このボタン……、素敵なのに、もったいないわね。

彼女は執事に、近日中に金細工師を呼ぶように言った。

それに金鎖をつけて、ネックレスにしようと思ったのだ。彼と揃いのものを身につけているような気がして、素敵だろうと思う。

そして、彼女はふと思い出して、スカートの隠しポケットに手を入れた。今朝、約束どおり彼が手渡してくれた『貴重な品を入れておく引き出し』の鍵である。

彼女は、その引き出しにボタンを入れた。

ほかには、刺繍がうまく縫えなくてまだ彼に渡せないでいるクラヴァットや、舞踏会の翌日に彼から贈られた薔薇の花束に添えられたカードも加えた。彼女はここに、シルヴァンとの楽しい記憶や、彼に見られたくないものをしまっておこうと考えたのだ。

朝食の後、シルヴァンに来客があり、アンリエットはホールの肖像画を眺めて歩きながら彼を待っていた。

そこは赤を基調とした階段ホールで、正面にシルヴァンが爵位を継いだ時の等身大の肖像画、その上に先代の公爵や夫人の、やや小振りな肖像画が飾られている。

——これは、二十歳の時の公爵様ね。

八年前というが、今より少し線が細いくらいで、あまり変わっていない。

ホールの左右の壁には桟敷席のような張り出し通路が作ってあり、マホガニーの手すりに守られて、壁面のその他の絵を見ることができた。

アンリエットは手前にある階段を上り、中二階になっている回廊を歩いた。

代々の公爵や公爵夫人の他に著名な画家による風景画も飾られていた。公爵家ファミリーが勢揃《せいぞろ》いした画像もあって、見ごたえがある。

――こっちは、もしかしたら子供時代の彼？

利発そうな黒髪の少年を見て、アンリエットは微笑んだ。

あとで本人に聞いてみようと思いつつ、また歩を進めると、馬に乗った貴婦人の絵があり、絵の下のほうにサリーマルゴと書かれていた。

――えっ？

アンリエットは驚いてその貴婦人を見た。

栗色《くりいろ》のウェーブのかかった髪を緩やかに結い上げた美女で、年の頃は公爵と同じくらいだろうか。健康的に見えるし、笑顔も明るく、病気の影は見当たらないので、事故で亡くなったのかもしれない。

――きれいな人。大人っぽいし……、大らかで明るそうで、包み込んでくれそう。

この人なら、変な意地を張ってダンスの誘いを断ったりしないんでしょうね。

そんなことを思っている間も、アンリエットの胸は絞めつけられるように苦しかった。

アンリエットは最初悩んでいたが、親友クリステルの助言に力を得て、公爵の妻になろうと心を決めた。

彼が過ぎ去った恋を忘れようとしているのなら、自分もそれを待とうと思っていた。

シルヴァン以外の男性を愛せる気が全くしなかったのだ。

そして教会で、多くの人々の前で結婚の誓いをしたのに、彼の気持ちがわからない。

一夜を共にしても、おやすみにキス以外に、肌には全く触れなかった。

それは、自分を子ども扱いしたからだと思っていたけれど、本当は違うのではないかという疑心が頭を持ち上げてくる。

――彼はこの恋人に操《みさお》を立てているのではないかしら。

アンリエットが幼いから待つと言いいながら、亡き恋人を忘れられる時を待っているのかもしれない。だが、こうして肖像画を堂々と飾っているとはどういうことか。

「……忘れる気、全然ないんじゃない」

アンリエットは涙ぐんで、恨めしそうに呟いた。

自分は、彼の寂しさを埋める存在になれるのだろうか。

どれくらい待てば、全部とは言わないが、せめて彼の心の半分くらいを占める存在になれるのだろう。

その道はあまりにも遠すぎて、終わりが見えない。

「アンリエット?」

その時、下のほうから名前を呼ばれた。彼女が手すりに捕まって見下ろすと、公爵がホールの入り口に立っていた。

「ここにいたのかい?」

「はい。絵を見ていました。今行きます」

アンリエットは慌てて涙を拭い、階段を下りて彼の元へと駆け寄った。サリー・マルゴの肖像画の前で彼と向き合うのは無理だと思ったからだ。

彼がどんな切ない目をしてあの女性を見るのだろうと思うと、恐ろしかった。

「おいで、貴女に贈り物があるんだ」

そして寝室の隣の衣装部屋に連れていかれた。

そこでは既に着替えの手伝いをするために侍女たちが控えており、長椅子に薔薇色のドレスが広げられていた。

新婚明けに夫から新妻に贈るプレゼントだ。

「どうぞ、お召しになってください」

と侍女が言った。

薔薇の模様が織り込まれたブロケードで、タペストリーのように凝った布地だった。袖が丸く膨らみ、背中から足もとまでの長いケープのついたティー・ガウンで、長方形に開いた胸元には共布で作った薔薇の花が縫いつけられ、肩から胸を通り、裾までボビンレースで飾られていた。コルセットで締めないタイプのドレスだ。

「まあ……素敵……」

「外出着としてあつらえたんだ。気に入ってもらえると嬉しい。これから、挨拶回りで馬車に乗るから」

ごわごわしたパニエもなく、コルセットもないのは正直いってありがたかった。移動の間、くつろげるようにという公爵の気遣いだろう。

「ありがとうございます」

と、満面の笑みで礼を言ったのも束《つか》の間《ま》、アンリエットの心にふと影が差した。着るものに無頓着と自認している彼が、妻のドレスに対して気が利きすぎていることに違和感を覚えてしまったのだ。

彼は女性のことをよくわかっている——そう思った時、サリー・マルゴという女性の存在がちらりと見えた気がした。

もちろん、アンリエットは動揺を隠し、メイドに手伝ってもらってすぐ着替えたが、どうしても心が沈んでしまう。

馬車に乗り込む時、シルヴァンが手を支えてくれた。

いたわるようにやさしい手つきで、人を惑わすほどの甘い眼差《まなざ》しを投げかけながら――。

これから、二人で挨拶回りに行くのだ。この容姿端麗で地位も立派で何ひとつ欠点のない夫に大切にされて、なんて幸せな花嫁か。

それなのに、アンリエットの胸には不安ばかりが迫ってくる。

「よく似合うよ」

公爵がそう言って、さらにシルクタフタのマントを肩に掛けてくれるのを、メイドたちは微笑ましそうに見ていた。彼女たちには二人が新婚の仲むつまじい夫婦に見えたことだろうが、アンリエットの笑顔はどうしても硬くなってしまった。

＊　＊　＊

シルヴァンは新妻についてしきりと考えていたが、彼女の胸の内がどうしてもわからない。

初夜明けの贈り物は気に入らなかったようだ。

極上の布地を選び、一流の仕立屋に縫わせた逸品である。無骨《ぶこつ》な自分には衣装のことはよくわからないが、メイドたちも褒《ほ》め称《たた》えていたし、実際、あれを着たアンリエットはとても美しかった。

だが、シルヴァンが期待したほどには彼女は喜ばず、今も隣で物憂げに景色を見ている。

彼女は何を思っているのか。

大市の時には、幼稚な玩具で楽しそうにしていたので、年齢から予想した以上に子どもっぽいのだと思っていたが、そうかと思えば、サブロン人への虐待についてはっきりと非難した。

シルヴァンが彼女との結婚を決意したのも、あれが決め手だった。

公爵領であんな酷い見せ物が催されているなんて、彼自身知らなかったし、気にも留めていなかったが、彼女が目を覚まさせてくれたのだ。

シルヴァンは父の後を継いだ後、生真面目に執務に励んでいたつもりだったが、まだ未熟であるということを痛感した。

サブロン帰りのアンリエットには、本国しか知らない女性とは違う視点や考え方があるに違いない。彼女の父親の立場を考えると、それは少々危ういことだが、彼女は、シルヴァンの気の回らない点に気づいてくれる貴重な存在だ。

彼女はあの時、正しいことを言い、正しい行動をした。鬱屈した世界では、正しさは時に嫌われ、敬遠されるかもしれないが、シルヴァンは彼女と共に生きたいと心から思った。

シルヴァンが自惚《うぬぼ》れているのでなければ、新妻は自分を毛嫌いしているわけではないと思うのだが、蜜月の甘い時期のはずなのに、彼女は物思いに沈んだ様子だ。

朝の贈り物のドレスが気に入らなかったのだろうか。

これはマルクに助言を仰いだ結果、女性はコルセットやパニエで苦しい思いをしているから、ティー・ガウンでも贈ってやればと言われたのを実行した。

自分は女心に疎いから、マルクに頼ったのだが、よくよく考えるとマルクは熟女好きなので、若いアンリエットには向かないのかもしれない。

失敗した。

——だが、焦るな。

彼女は汚れのない、無邪気な娘なのだから。

とはいえ、自分の理性がいつまで保つかは少々危うい。

＊　＊　＊

挨拶回りを終え、新婚二日目の夜——。

アンリエットはベッドでシルヴァンを待ったが、彼は寝室のベッドサイドのランプの明かりで、何か書き物をしていた。

「まぶしくて眠れないかい？」

シルヴァンがそう言って、ランプの火を消そうとしたが、アンリエットはそれを押しとどめた。

「いいえ、大切なお手紙なんでしょう？　どうぞ続けてください」

「仕事だよ。こんな大事な時に野暮《やぼ》ですまない。私は国王に、ある誓願をしようと思っているんだ」

「そうですか……、では、おやすみなさい」

アンリエットはすぐに眠れるはずもなかったが、夫が自分と寝る気は全くなく、先に眠らせようとしているような気がして、そう言った。

「アンリエット。もしかしたら、貴女は」

「はい？」

「政治に興味があるのか？」

「どうしてですか？」

「いや、なんとなくね」

そう言って、シルヴァンはランプと書類を持ってこちらへと歩いてきた。

妖艶なガウン姿でベッド際まで来ると、サイドテーブルにランプを置き、書類を持ったままベッドに入ってきた。

アンリエットは慌てて体をベッドの端までにじり寄せた。

「貴女は昨年まで異国にいたので、他の女性たちより政治に関心があると思ったんだ」

ベッドが夫の重みで沈み、アンリエットはドキドキして彼の話が頭に入ってこない。

「ほら、見たいかい？」

「ひゃっ」

彼は、ベッドの枕と新妻の首の間にできた隙間に左腕をごそごそと挿し入れて、彼女に腕枕をする格好になった。彼の胸に顔がつきそうになり、動転してしまった。

頭上でバサリと紙束の翻る音がする。

彼は左肩にアンリエットの頭を乗せ、右腕で書類を持ち上げた。

「大市における公序良俗の認識と人道的典範」

と、彼は読み上げた。

言葉は難解だったが、どうやら移民や異国人に対して不当に虐待したりしないよう、国王に誓願するという内容らしい。

「貴女は大市で、サブロン人を助けただろう？」

「あっ……それは言わないでください」

「どうして？」

「立場上、サブロンについて話すことは父に厳しく止められているので、あの日のことも内緒なんです」

「へえ？」

「でも、ありがとうございました。あの子どもに乳姉妹の面影を重ねてしまって、他人事とは思えなくて……他にどうしていいかわからなかったので、公爵様に無理なお願いをしてしまいました。あ、……もしなんでしたら、持参金から二万ルードを差し引いていただいても……」

するど、シルヴァンは低い声で笑った。

「とんでもない。私が結婚を決めたのは、あの時の貴女を見て、尊敬に値すると思ったからなんだよ」

「……本当に？」

それはアンリエットにとって、遅れてやってきた求婚のように思える。

これまで、結婚については、ほとんど親と公爵との間でやりとりされ、アンリエットの意志は無関係に運ばれてきたので、シルヴァンの本心は知らなかったのだ。持参金が多かったから選ばれたと思っていた彼女とって、これは新しい発見だ。

「サブロン人を助けたあの時から、貴女のこと、それからサブロン人に対する処遇についてずっと考えていたんだ。それで、新しい条令を書き起こしてみた」

「それは……とてもいいことですね。だって、サブロンに残されたカルミアの人が同じことをされたらと思うと恐ろしいですもの」

「喜んでくれるかい？」

「もちろんです」

「そうか、……よかった。ドレスに比べると野暮だが、貴女への贈り物になればと思うよ。他にも差し障りのない条令の草稿を読もうか」

——なんて素敵な贈り物……！

彼は野暮だと言ったが、ドレスは他の女性のために贈ることもできようが、この請願文は、確実に、アンリエットの心を汲《く》んで作ってくれたものなのだから。

——サリー・マルゴという女性の十分の一くらいは、わたしのことを考えてくれたのかな……。わたしの心は、あなたのことでいっぱいなのに。

シルヴァンは生真面目に、公爵領で起こった問題についての解決や、所領における収支などについての書類を読んでくれている。

その夫の声を聞きながら、アンリエットの瞼が重くなってきた。婚礼の前もクラヴァットの刺繍をしていてあまり眠っていない上に、結婚初夜も全く眠れなかったのだから無理もない。

――なんて、甘い声……。

温かくて、やさしくて、包み込むような、安心できる声。

ちゃんと聞かなくちゃと思うのに――。

とうとう、アンリエットは睡魔に襲われてしまう。

彼女はまどろみの中で、彼に寄り添って眠ることの幸せに浸った。

強い香水ではなく、湯浴みに香油をひと振りしたくらいの上品なフランキンセンスの芳香が、彼の体温によってほのかに立ち上っている。

いつかの大市の馬車の中で寄り添ってくれた、頼りがいのあるシルヴァンに、二度と会えないと思った時の悲しみは深かったが、今、こうして一緒にいられるのが嬉しい。

クリステルの言っていた、『結婚したら生まれる特別なもの』はきっとこういうものなのだろうな。

夢の中で、シルヴァンは彼女を抱きしめ、キスをして、『世界中でただひとり、貴女を愛しているよ』と言ってくれて、アンリエットも同じだと答えていた。

その言葉には嘘が全く感じられなくて、忘れられない永遠の恋人がいるなんて、みじんも感じさせなかった。

ふと目覚めた時は、夜が明けかかっていた。

昨夜の体勢のまま、シルヴァンも眠っていた。アンリエットは、そのことに気づいたとたん、動悸《どうき》がしてしまい、そっとその腕から抜け出し、上半身を起こして彼を見つめた。

いつもは微笑している印象だが、今は眉を少しひそめていて、難しい仕事の夢でも見ているのかしらと思わせる。

鼻梁《びりょう》が高くまっすぐで、精悍《せいかん》な頬に乱れた髪がこぼれ落ちていた。

――目を閉じた顔もとても素敵……。でも、どうして？

口づけもしてくれないのね。

いくら寝起きを共にしていても、これでは、見せかけの夫婦だ。

答えはわかっているのに、問い詰めたくなってしまう。

それならなぜ結婚などしたのだろう。

――忘れられないなら、わたしを巻き込まないで、ひとりで耐えればいいじゃない？

アンリエットは悔しくなり、今は熟睡している夫の胸に頬を寄せた。

鍛えられた胸筋がガウンの合わせ目から見える。その下に繋《つな》がっているのは、きっと平らで引き締まったお腹だ。

彼女は少し身を起こして、彼の寝顔を見つめた。

眉毛は形よく、黒い睫《まつげ》を伏せて、口元はきりりと絞まっている。

シャボン玉だらけになって遊んだ時、この唇が戸惑うように、少し笑っていたっけ。

――わたしは、そんなに魅力がないの？　子どもにしか見えない？

アンリエットはそっと夫の顔を覗き込んだ。

おやすみの軽いキスですらドキドキしながら待っている。

夫婦どころか、恋人のキスもしたことがない。それはいったいどんなものだろう。

彼女は唇を寄せて、そっと彼の唇に重ねた。

もちろん、彼は熟睡しているから、なんの反応もなかった。

――これがわたしの恋の形なのね……？

どんなに想っても、何も返ってこない。

覚悟していたことだけど、こんなに辛いなんて。

涙が溢れてきて、シルヴァンの頬に落ちた。

慌ててそれを指で拭い、体を離そうとした時、突然彼が動いた。

「あ……っ」

アンリエットの背に回された腕に力が籠もり、彼女の頬とシルヴァンの顎が密着した。その勢いで彼のガウンがはだけて、裸の胸にアンリエットの乳房が押し当てられるかっこうになった。薄い布一枚を隔てただけで、彼の鼓動が肌を打ち、アンリエットのそれもきっと彼に伝わっているに違いない。

「あの……っ？」

夫が寝ぼけているのか、故意にそうしているのかわからず、アンリエットは小さな声で呼びかけてみたが、返事はない。

そもそも、彼をどう呼んでいいのだろうか。公爵様と呼ぶのも妙だが、名前を呼ぶのは慣れていない。彼女はおずおずと声に出してみた。

「シ、……シルヴァン？」

「んん……？」

ようやく彼が答えたが、アンリエットはまだ、その腕に閉じこめられたままだ。

──でも、あたたかい……。

彼のほうが少し体温が高いことにさえ、なぜかドキドキしてしまう。

──これが、男の人の肌の温度？

そして、これが夫婦の関係の入り口なのか、と思うと、アンリエットの頬も彼と同じくらい熱くなってくる。

「……アンリエット？」

いまだ眠気の消えない声で、シルヴァンが言った。

「はい」

「え……、もう朝か？」

「ええ、でもようやく少し明るくなってきたところです」

ふうん、と唸《うな》るような返事をした後、彼の手がさわさわと、アンリエットの背で何かを探すように動いた。

「……っ」

ぴくりと彼の手が止まり、それから新妻の肩の形を確認する。

「待て？」

突然彼は、自分の腕の中に予想もしないものを見たような顔をして、アンリエットの体から手を離した。

そして用心深く体を起こしてベッドの上にあぐらをかくと、ガウンの衿《えり》を引っ張って腰紐《こしひも》を締め直した。さらに、アンリエットの肩まで上掛けを引き上げて、薄い夜着に透けた肩を隠した。

「おはようございます」

「アンリエット……？　わ、私は何をしていた？」

「えっと……よくお休みになってました」

「さっきの体勢で？」

「いえ、それは少しの間だけです。わたしのほうが先に寝てしまったので、よくわからないけど」

「そうか……」

アンリエットからキスをしたなんて、絶対に言えない。彼が全然覚えていないようで、ほっとしている。

シルヴァンは動揺を抑えるように、肩でひとつ息をした。

「よかった」

そして、アンリエットの横で上半身を起こしたまま、眠気を覚ますように髪を手でくしゃくしゃとかき回した。黒い髪が乱れて、うなじに垂れている。大きな手、長い指は男らしいが、昼間の凛《りん》とした姿と違って、寝起きで少し気怠《けだる》そうにしているのが妙に艶《なま》めかしい。

普段、他人であった頃には見られなかったような、彼の一挙手一投足に惹きつけられてしまうのは、なぜだろうか。

――これが、クリステルが言ったような『特別なもの』なのかしら？

「あの……、ごめんなさい」

「何が？」

ったに違いない。


「せっかく仕事のお話をしてくれたのに眠ってしまって」

「いいよ。貴女をずっと振り回してしまっているから疲れたんだろう」

そう言って寂しそうに笑う彼の頭の中で、きっと、アンリエットのイメージがさらに幼くなったに違いない。


夜が明けると、身仕舞《みじま》いをしたシルヴァンから食事に行こうと言われたが、アンリエットはぐずぐずと鏡の前に座っていた。

「先にいらしてください。すぐ行きますので」

こう言って夫を寝室から出すと、アンリエットは昨夜、彼が読み上げてくれた文書を探したが、そんな貴重なものを放置するはずもなく、枕元にはもうなかった。

でも、下書きならあるかも……。

そう思って、彼が昨夜、書き物をしていた机を探ると、思ったとおり、書き損じや下書きだけは残されていた。

彼女は、それを手にとってみた。

夫がサブロン人に関することで、自分の心を汲《く》み取《と》ってくれた。そして条令まで提案してくれたのだ。

昨夜、彼が読み上げてくれた『大市における公序良俗の認識と人道的典範』の下書きは見つからなかったが、その代わりに、くしゃくしゃに丸められていたが、遠方の友人に宛てて書かれたらしい結婚の挨拶文の下書きは残っていた。

「なんてきれいな文字――」

アンリエットはそれを広げて、丁寧にシワを伸ばすと、まるで恋文のようにうっとりと眺める。几帳面《きちょうめん》な字体と凛とした文章に彼の誠実さが感じられて、夫のことをもっと好きになった。

彼は、大市で起こったできごとについて、真剣に考えてくれた。

「それに、あの人は、わたしを尊敬に値すると言ってくれた……」

彼女にとって、それはドレスよりも尊い贈り物だ。

昨夜は疲労と睡眠不足のあまり、そして彼の声の心地よさにうっかり眠ってしまったのだが、彼の仕事を退屈などとは思ってもいない。

「もっと彼のことを知りたくなったわ」

その時、ドアが開いて、メイドが入ってきた。この結婚にあたって、夫婦の寝室の部屋係に選ばれたという年の頃三十前後という気の回るメイドだ。何事においても手際よくこなすし、寡黙なところもよかった。

「――奥様、失礼致しました！」

小太りな体にたくさんの掃除道具を携えたメイドは、夫妻がとうに食事室へ行ったものと思っていたのだろう、驚いて出ていこうとした。

「待って、いいわ。すぐ出ていくから」

アンリエットは慌てて夫の下書きを鍵付き引き出しに収めた。

＊　＊　＊

朝食の後、シルヴァンに来客があり、アンリエットはひとりでホールにいた時のことだ。

「ごきげんよう、マドモアゼル」

そんな不躾《ぶしつけ》な呼びかけに驚いて、顔を上げると、赤い縮れ髪の青年が見下ろしていた。

——この人は……！

公爵の甥で、クリステルが忠告していた要注意人物である。

ロマンスとアバンチュールが好きだから気を付けてと言われたのは記憶に新しい。

実際、こうして対峙《たいじ》してみて、その危うさはなんとなく伝わってきた。

若いのに、妙な色気を振りまいているし、アビからは強い香水の匂いがしている。

——それに、マドモアゼルって……失礼な。

アンリエットは公爵の妻なのだから、マダム・ラ・トゥールと呼ぶべきなのだ。こういう礼を失した男は無視してもよかったが、夫の甥ということは自分の義理の甥でもある。月並みな挨拶だけはしておこう。

「ごきげんよう」

極めて簡潔に、素っ気ない態度でそう言うと、彼は少し驚いた顔をして返した。

「ああ、言葉が通じてよかった。サブロン帰りで僕の言うことがおわかりにならないかと思いました。僕は公爵の甥のマルク・ジュアンです」

悪意のこもった物言いだが、もしかしたら、公爵家の人々がみなそう思っているのかもしれない。アンリエットは表情を押し殺して言う。

「はい、存じています」

知っていてその態度か、という驚きが相手の顔に表れたが、彼はすぐに作り笑いを浮かべて言った。

「本当にお若いし、魅力的だ。叔父が夢中なわけですね」

ウェーブの強い赤い髪を長く伸ばして後ろで結わえた彼は、公爵とはまた違った美青年だが、夫とは似つかない軽薄な印象を与えた。

「そんなことは……」

夫が彼女に夢中なはずがないことは、昨夜で証明済みだ。

「いやいや、叔父さんには、僕が小さい頃からお世話になっているので、本当にこの結婚が嬉しいですよ」

「小さい頃から？」

「ええ。ずっと、僕はここに入り浸りで……、実の親より叔父さんのほうが話がわかるし、相性がいいんです。僕は叔父のことならたいていのことは知っていますし、何かお尋ねになりたいことがあればお教えしますよ」

その言葉に、アンリエットは胸のざわつきを覚えた。

この青年は夫の永遠の恋人、サリー・マルゴについて知っているのだ。あの舞踏会の日、シルヴァンと彼女について話していたのだから。

マルクはどこまで知っているのだろう？

サリー・マルゴとシルヴァンがどれほど仲睦《むつ》まじく、信頼しあった仲だったか？

共にその喪失を惜しむ同志だとしたら、アンリエットの存在はしらけたものなのかもしれない。根拠はないが、彼の目つきにもそれが現れているような気がした。

実の父が強引にねじ込んだ縁談と言っていたくらいだから、公爵の親族にも、当然そんな心情はあるだろう。

アンリエットの知らないところで、彼らは二人でサリー・マルゴを懐かしみ、新参者の若いだけの女と見比べているのかもしれないのだ。

サリー・マルゴという女性はどこまで夫の心を占めるのか。

それを、目の前にいる青年は知っているかもしれない。

「僕の顔に何かついていますか？」

と問われるほどには、彼を見つめていただろうか。

「いえ……別に」

「そう。叔父さんは新妻をひとり置いて、何をしているんだろう」

「お客様がいらしたのです」

「ふうん。じゃあ……よかったら、家を案内しましょうか。僕のほうがよほど詳しいので。中庭など、いい雰囲気ですし、執務室には驚くほど多くの本があって、よそからわざわざ見学に来るほどなんですよ」

「そんなに多くの本が……！」

「焚書《ふんしょ》を免れた古い書物や、異国の草木について描かれた本、医術の本もありますよ。どうですか？」

それについては、興味が湧いたが、執務室という閉ざされた空間で、この男性と二人きりになるのはよくないのではないか。クリステルの警告が頭を離れず、答えに窮していると、彼はくすっと笑った。

「おや、用心深いんですね？　心配いりませんよ、僕が好きなのは熟女なので」

アンリエットの頬が熱くなったのは、恥じらいなどではなく、屈辱だ。夫の甥であろうと、こんな感じ悪い男に愛想などふりまいていられない。

アンリエットは、遠慮会釈を払《はら》い除《の》けて言った。

「そんなに自惚れていませんし、あなたに口説かれなかったからといって人間の価値が下がるわけでもありません」

これでこの男との関係は破綻したと思ったが、後悔はしていない。

「……へえ～、そりゃあいいや」

マルクは声を上げて笑いだした。

そこへ、折良くシルヴァンがやってきた。

「待たせたね。……ああ、マルクと一緒にいたのかい」

「ええ、叔父さん。奥様は実に愉快で魅力的ですね」

アンリエットは、すぐにでもこの場を去りたいと、夫の腕に手をかけた。

シルヴァンは驚いて、新妻と甥を交互に見た。

アンリエットが腕にしがみついてきた時は、少し驚いたが、そのうなじまでピンク色に染まっていたのはどういうことだろう。

＊　＊　＊

シルヴァンは、遠目に妻と甥が何か話しているところを見て近づいていったのだが、その時マルクはひどく楽しそうに笑い声を上げ、アンリエットは真っ赤になっていた。

「彼と何を話していたんだい？」

アンリエットに尋ねても、彼女は、挨拶をしていたというだけだった。

あんなに楽しそうに言葉を交わしていて、ただの挨拶ということがあるだろうか。

——若い者同士で、気が合ったんだろう。

マルクは十八歳、アンリエットは十七歳で、年が近いので親しみがわくのではないだろうか。

おまけに、甥の女性遍歴と人妻好きということを考えると、シルヴァンの心に焦りの色が見えてきた。

「庭に行こう、アンリエット」

そう言うと、彼女は素直についてきた。

幼い妻だからと、はぐれないように手を繋ぐと、彼女ははっとした顔をしていた。だが、シルヴァンはそうせずにはいられなかった。

公爵邸はその名もラ・トゥールというだけあって、広大な居城であり、敷地周辺を一周するのに小一時間かかるほどである。庭を散歩するだけでも十分迷い得るのだ。

池の水面下では睡蓮《すいれん》がひっそりと冬を耐えしのいでいる。春には青々とした葉を水面に浮かべ、夏にはピンクや黄色、白の花が次々に咲くそれを彼女に見せたい。

「あそこにある家はなんですか？」

池の向こうに見える小さな家の存在に、彼女は気づいたようだ。

「あれは離宮だよ。私が子どもの頃は、そこで暮らしていたんだ」

「離宮……！」

「一見、農家のような造りになっているのは、昔、先祖が農家の暮らしを満喫しようという趣向のために建てたからなんだ。周辺には昔は本当に畑があり、野菜を作っていたけれど、今では薬草が植わっているくらいだな」

そして、時代が下ってシルヴァンの幼少期には育児部屋、今は臨時の客用宿泊室になったというわけだ。さらに、少し離れたところにある廃屋同然の厩《うまや》では、老いた馬が余生を送っている。

「薬草が……？」

「ああ、今は雪に覆われているが、春にはさまざまな香草や薬草が生えているのがわかるよ。ローズマリーなどは雪をかぶっても青々としているね」

「そう……」

「あの家に行ってみたいかい？」

「はい」

藁葺《わらぶ》き屋根の素朴な小屋の何が、新妻の目を輝かせたのかわからないが、アンリエットが興味を持ったのは間違いない。

「じゃあ、調理人にサンドイッチを作らせて、午後はあの小屋で過ごそうか」

「……ピクニックみたいですね」

そう言って振り向いて笑った彼女の可憐さに、シルヴァンは言葉を失った。

自分は彼女のこんな笑顔をずっと見たかったのだ。

大きな青い瞳は輝かしく、唇は果実のようにみずみずしい。

宝物だ、とシルヴァンは思う。

舞踏会の時に一度、そして、大市の玩具売り場で一度見たきりで、こんな無邪気な笑顔を、結婚してからの彼女はなかなか見せてくれない。

彼女は本当に子どもなのだ、きっと。純真で、まっすぐで、幼い。

両親から離されて、寂しい思いをしているのかもしれない。守ってやらなくては。

彼は新妻の肩に手を回し、引き寄せた。

――子どもを抱きしめるように、だ。間違えるな、シルヴァン。

自分にそう言い聞かせ、たぎるような熱を押さえ込んで、シルヴァンは両腕でやさしく彼女の体を包み込む。

かすかに身じろいだが、アンリエットは従順にその抱擁を受けてくれた。

細い髪が風に揺れて、シルヴァンの頬をくすぐり、薔薇の香油が甘く香った。

「そう――、ピクニックだ」

囁《ささや》くようにそう答えながら、彼は新妻の香りとその手触りを味わった。

――なんて柔らかいんだ。そして、小さくて、壊れそうだ。

十七の少女のか細さに、彼はため息をついた。

この幼い妻を、どう扱っていいかわからない。初夜に抱いてよかったのか、抱かずにいて正解だったのか、それすらも答えが見つからない。

今朝は、あろうことか、寝ぼけてアンリエットを抱え込んでしまっていた。

彼女は拒絶こそしなかったが、内心はどうだっただろう。

正直いって、妻と共寝《ともね》しながら自制するのはかなり辛いが、欲情のままに同衾《どうきん》して、彼女を傷つけ、信頼を失い、とりかえしのつかぬ事態になるよりは――。

この美しい若妻が自分を愛してくれるようになるまで、どれくらいかかるだろうと思うと、気が遠くなるばかりだ。そして思わずついたため息の切なさに、彼自身、気づいていなかった。

＊　＊　＊

美しい庭で、池のほとりを散歩していた時、シルヴァンがそっと抱きしめてくれた。あの時は嬉しくて、舞い上がりそうだった。

――でも、あのため息は何……？

悲しそうな、やりきれないような、深いため息。

夫はあのロマンチックな庭園で、口づけさえしてくれなかった。

もしかしたら、妻を子ども扱いすることによって距離を保とうとしているのだろうか。

それほど、昔の女《ひと》が忘れられないのだろうか。

嫁いで三日、いまだ夫の愛情はなかなかもらえないけれど、逆にアンリエットの彼への尊敬や愛情は増えていくのが悲しい。

だが、そんな時は、刺繍を教えながらの親友の言葉を思い出す。

――焦らないで、アンリエット。すぐには上手にならなくても大丈夫だから。愛情を育てるのと一緒よ。


「ほら、ここが私の育った部屋だよ。今では客室になっているが」

昔の公爵家の人々の趣向で作られた小屋は、調度は豪華だが、壁は白漆喰《しっくい》で、暖炉の上には鉄の鍋や料理道具が引っ掛けられていた。

屋根裏が見えていて、梁《はり》には二本の綱がぶら下がり、ブランコが作ってある。彼が幼少期には、そこで遊んでいたのだろうか。

テーブルは木肌が剥きだしで、椅子も藁《わら》張りの田舎風に仕立ててあって、サブロンの乳母の家を思い出させるものがある。そこで使用人も連れず、二人だけでお茶を飲み、サンドイッチや焼き菓子を食べる。

アンリエットは、彼と一緒にいるのは本当に楽しかった。くつろいだ夫の様子を見てまた胸をときめかせ、こんな時がずっと続く幸せを噛《か》みしめる。

「貴族の気まぐれさ。本当は働きもしないのに、農家の風情を楽しみたいというんだから」

「でも、素敵……」

「そうかい？　……じゃあ、ひとつ教えようか」

「何を？」

「私の秘密だ」

彼はそう言って、小屋の後ろに回り、裏木戸を開けた。納屋のような小部屋があり、そこに梯子《はしご》がかかっている。

「屋根裏部屋に案内したいが……興味があれば」

シルヴァンは、アンリエットのご機嫌を伺うような目つきで問いかけた。その鳶色の瞳は、どこか少年がかっていて、冒険にでも行くように輝いている。

「あります！」

彼女は飛びつくように答えた。

日常着でよかった。先にアンリエットが梯子を登り、下からシルヴァンが体を支えてくれた。

「天井が低いから、気をつけて」

二人はどうにかその小部屋に乗り込んだ。長らく放置されていたようで、埃《ほこり》まみれだ。

「ここはあなたの隠れ家？」

「そうだよ」

アンリエットは三角屋根がそのまま形になった部屋が気に入った。薄暗い中、目を凝らせば、彼女の知り得なかった、夫の幼少期の思い出が垣間見《かいまみ》える。

錆《さ》びたペン先、インク壺《つぼ》、天球儀や棒暦……。

「真面目な男の子だったんですね」

「そうばかりでもない。しかし、よもや、新妻をここに案内するとは思わなかったな」

「どうしてですか？」

「深窓の令嬢はこんなカビくさい場所は嫌いだと思ったからね」

「ううん、素敵……。乳母の家を思い出します……、あっ、でも」

アンリエットがうっかり口を滑らすと、シルヴァンは微笑み、口に人差し指を当てた。

「サブロンの？　大丈夫、ここには私の他に、誰もいない」

その仕草と笑顔の甘さに、アンリエットはくらくらしてしまった。

──どうしよう。わたしだけが、どんどん好きになってしまう。

新妻のそんな想いなど伝わっていないだろう。シルヴァンは言った。

「だから、なんだって話してくれていい。いっそ、二人の秘密の場所にしようか。ここなら誰にも邪魔されない」

こうしていともたやすく懐柔されてしまい、アンリエットは、本当は隠しておこうと決めていたのに、サブロンで過ごした日々について話してしまった。乳母や乳姉妹のこと、父母たちの様子、そして、カルミアに来て、少し窮屈な思いをしていたこと――。

「だから、あの時、風車に見入っていたのか」

「ええ、そう――」

「少しだけ、貴女のことがわかってきた気がする」

シルヴァンがそう言ってくれた時、アンリエットの心がひどく騒いだ。

――それは、どのくらい？　サリー・マルゴという女性に比べたら、ほんのわずか？

それでも嬉しい。

――少しだけ、わたしに場所を空けて。

「さあ、そろそろ下りようか。先に私が行くよ」

こうしてシルヴァンが下で待ちかまえ、アンリエットがそろそろと梯子を下りる。

あと二段というところで、彼女は自分のドレスの裾を踏んでしまい、足を滑らせた。

「危ない」

油断なく身構えていたシルヴァンが、しっかりと受け止めてくれたので大丈夫だったが、アンリエットの心臓は保ちそうもなかった。

たくましい腕に抱きしめられ、鼓動が激しく高鳴り、息が苦しい。

「大丈夫かい？」

「はっ、……はい――」

「よかった」

彼女が見上げると、シルヴァンの端麗な顔が、やさしく見返していた。

彼の高い鼻梁、秀でた額、彫りの深い造形に見惚れて、アンリエットは言葉を失った。

そのまま無言で見つめ合う。

シルヴァンは、はじめは少し笑って、気遣うようにこちらを見ていたが、やがてその顔から微笑みが消え、真顔になった。不機嫌になったのかしら、と不安になったアンリエットの頬に、彼はそっと手を添え、頭を垂れて顔を寄せてくる。

薔薇色の予感に胸が弾み、アンリエットはおとなしく、彼の口づけを待った。唇が重なり、静かに押しつけられる。

――ああ、……なんて素敵なの。

明け方に、自分からした反応のないキスに比べて、それはなんと心はずませる甘い接吻《せっぷん》だろうか。

しかし、誰にも邪魔されないというのは嘘だった。突然、ドンドン、とけたたましくドアを叩く音が聞こえた。ハッと、二人は我に返り、慌てて体を離した。

第四章

シルヴァンが戸を開けると、赤毛の青年が入ってきた。

「叔父さん、聞いてください！　……メイドにここだって聞いて僕は――おっと」

突然やってきたのは、マルクだった。ひどく急いだ様子で、何か悪い知らせでも持ってきたような顔だ。

「あ、……お邪魔……でしたね」

マルクは夫婦揃っていることに驚いたのか、突然勢いを失って、口ごもった。しかも、明らかにアンリエットに気づいて、しまったという顔をした。

「どうしたんだ？　そんなに血相を変えて」

「いえ……、ちょっと尋ねたいことがあっただけなんです。でも、後でかまいません」

なんとも気まずそうな物腰に、アンリエットは言った。

「じゃあ、わたしが席を外しましょうか？」

「いや、本当に、新婚だってのに失礼しました、叔父さん」

「まあいいじゃないか。少しだけワインでも飲んでいきなさい」

シルヴァンがそう言い、マルクも同席することになった。

こうして、奇妙な空気のまま、二人の男はワインを酌み交わし、アンリエットは果実水を飲んでいた。もしかしたら、彼らはたびたびここでこんなふうに話をしていたのかもしれない。

それなら、アンリエットの存在はマルクにとって鬱陶しいであろう。

「で、聞いてほしいこととはなんだ？」

少し酒が入って、口が緩くなった頃、シルヴァンがあらためて尋ねると、マルクはわずかの間、視線を泳がせてから言った。

「実は……ウェリン農場で、仔馬《こうま》が生まれそうだって聞いたんです。それで、慌てちまって……。ほら、サリーマルゴのこともあったし……」

アンリエットはどきりとした。

彼が言いにくそうにするわけだ。シルヴァンの亡き恋人について、新妻の前で話せるわけもない。

アンリエットは口の渇きを覚え、残り少なくなっていた果実水を飲み干した。

「伯母上もよかったらあの農場に――ああ、グラスが空ですね」

そう言って、マルクは彼女のグラスに葡萄酒《ぶどうしゅ》を注いだ。

「あ、アンリエット、それは――」

「いいえ、いただきます。せっかくですもの」

シルヴァンが止めたが、アンリエットは酒の入ったグラスを掴んだ。

実際、アンリエットは葡萄酒を全く飲まないわけではない。風邪を引いた時は、蜂蜜を入れて湯で割ったものを飲まされるし、シャンパンぐらいならパーティーの時に多少は口にしたことがある。

これ以上子ども扱いされてはたまらないと、マルクの注いだ酒に口をつけた。

アルコール度のかなり高そうな、ツンとする匂いがする。

ひと口飲んだだけで、顔がほてってきた。のども熱い。

「そら、……倒れるといけないからやめておきなさい。悪いがマルク、妻は酒は飲めない。アンリエット、貴女はこっちにしなさい」

夫がそう言って、別のグラスに果実水を注いだ時、マルクは驚き呆れた目をした。

「へえ……。やはり、マドモアゼルで合ってたんですね」

その目に宿る、軽蔑したような色に、アンリエットは耐えられなくなった。

まだ肉体的に結ばれていない夫婦であることを知っているというような、嘲笑するような目つきに、そして、その理由はわかっているぞというような——。

今朝方、険悪な関係になったこの義理の甥に、またもや戦いを挑まれたような気がした。あえて、夫の前で昔の恋人の話題を持ち出すなんて。

シルヴァンが愛しているのは大人の女で、果実水しか飲めないような子どもではないと言われたように思った。なにより、熟女好きと豪語し、彼女を見下したような男なのだから、悪意しか感じない。

「飲めないなんて、わたし、ひと言も言っていません」

アンリエットは宣言するようにそう言うと、残りの酒を飲み干して、マルクを凝視した。

「ほら、わたし、平気でしょ？」

「なるほど、失礼しました」

マルクはそう言って、もう一度、彼女の杯に注いだ。

「やめなさい、二人とも。アンリエット」

シルヴァンの制止を振り切って、彼女は二杯目も余さず飲んだ。

「それでは、男同士でお話もあるでしょうし、わたしは失礼するわ」

そう言ってアンリエットは立ち上がろうとしたが、頭がふらふらして、体から力が抜けてしまった。

「アンリエット！」

シルヴァンの声が聞こえ、抱きとめられた。

「マルク、悪いが、二人にしてくれないか？」

頭上から聞こえたその声は、怒っているようだった。


――わたし、嫌われた……？

アンリエットの朦朧《もうろう》とした頭の中に、それだけが渦巻いていた。

夫の制止を振り払って、マルクの挑発に乗ってしまったから。

彼は、こんなふうにカッとなって酒を飲み干す女に、呆れを通り越して軽蔑したのではないか。それを思っただけで、アンリエットは絶望して、涙が止まらなかった。

「アンリエット、しっかりしろ。そら、……水を飲みなさい」

差し出されたグラスを手に取ろうとしたが、周辺の景色がぐるぐる回って、うまくつかめない。

アンリエットがあきらめて、目を閉じて目眩《めまい》が収まるのを待っていると、その唇に何かが押し当てられた。水が注ぎ込まれる。

「……ん」

冷たい水がのどを心地よく通り抜け、それをこくりと飲み下すと、もう一度柔らかいものが唇に触れた。

こうして、水が供給されると、アンリエットの体の火照りは少し鎮まり、荒くなっていた呼吸も落ち着いてきた。

「アンリエット……、どうしてあんな無茶《むちゃ》をしたんだ？」

シルヴァンの声も、さきほどのような怒りというよりは、軽くたしなめるような口調に変わっている。目を開けると、彼女はシルヴァンの腕に抱きしめられていた。

鳶色の瞳は心配そうに、そして、少し悲しげに見下ろしていた。

「だって……、子どもじゃない、もの」

「マルクに何か言われたのか？　今朝から貴女の様子はおかしかった」

「あの人のことは言わないで」

彼女は、シルヴァンに首筋にしがみついた。

酔っていたからか、それがどういうことか、判断できていなかった。

昔、乳母に飛びついて抱きしめてもらったくらいの気持ちだったと思う。

「アンリエット」

低い声で呼びかけながら、シルヴァンも抱き返してくれた。

「わたし、子どもじゃ、ありません」

「どうかな。飲めないのに背伸びをするのは子どものすることだろう」

――怒った声。

「とくに、マルクに対して貴女はムキになるね。どういうことかな?」

シルヴァンはどこまで見ていたのだろう。どこまで気づいていたのだろう。

マルクが彼女を『マドモアゼル』と呼んで揶揄《やゆ》したことの意味を。

彼は女たらしだから、アンリエットがまだシルヴァンの本当の妻になっていないことを見抜いていたかもしれない。

「怒らないで……、軽蔑しないで――」

アンリエットが懇願するようにそう言うと、彼は頭を撫でて言った。

「叱っただけだ。自分を大切にしてほしいから」

大人だと思われたかったのに、また子ども扱いだ。

アンリエットがそこで感情を抑制することができなかったのは、酒のせいだろうか。

「嫌です。子ども扱いは嫌です」

「どうしてそんなに急ぐ?」とシルヴァンが尋ねた。

「ちゃんと、あなたの妻になりたいのです」

「アンリエット」

「わたしたちは、まるで他人みたいだもの」

「そんなことない。私は貴女を大切な妻だと思っているよ」

そう言うと、シルヴァンは頭を垂れて、アンリエットにキスをした。

彼はすぐに唇を離したが、アンリエットは彼のシャツを握りしめたまま、行かないでというように彼を見つめた。

彼の目は切れ長で、瞳の中心は濃いブラウンで周縁に向かって明るく、光を浴びると金色を帯びる。

いつもは恥ずかしくて、直視できないのに、葡萄酒の魔力か、頭はぼんやりとしていて、何もかもがどうでもいいような大きな気持ちになっていたため、彼女は夫の虹彩《こうさい》の色を十二分に見分けることができた。

――なんて暖かい色。また、彼への『好き』が増えちゃう――。

そんなふうに凝視していたら、シルヴァンもまたアンリエットの目をじっと見仕返してきた。

自分の青い目が、彼女が夫の目を思う半分か、三分の一でも気に入ってくれていたらいいのに、と思った。

「アンリエット」

シルヴァンが小さく呻いて、唇をさらに強く重ねてきた。

アンリエットの心は幸福感に包まれて、ふわふわしていた。

まるで、夢の中にいるような甘美な口づけを交わし、両手をせいいっぱいに伸ばして夫の背中を抱きしめると、彼のほうもアンリエットの後ろ髪を手のひらにこすりつけるようにして、何度も唇を重ね直した。

——ああ、とろけてしまいそう。

きっと、大人の女は、こんな気分を味わうためにお酒を飲むのだ。

体は熱く、心は解放されたように浮かれてしまう。

口づけは次第に深く、情熱的なものに変化していき、シルヴァンの舌がアンリエットの唇の間をくぐり抜けてきた。

「……んっ」

息と一緒に微かな声が漏れると、シルヴァンは一瞬身じろいだが、口づけの激しさは止まなかった。彼の舌はアンリエットの舌に到達すると、最初はそろそろとその表面を撫でた。そして、彼女の反応を窺うようにして、次第に強く摺《す》り合《あ》わせてくるのだ。

「ん……んんぅ」

我知らず零《こぼ》す息の艶めかしさにも気づかず、アンリエットは妖艶な唇と舌に翻弄され、切なく体をよじった。

「アンリエット、私を挑発して……いけない子だ」

そう言った夫の声は、子ども扱いというには艶めかしい。

彼は新妻の唇を堪能したのか、小さな顎をついばみ始めた。

少しくすぐったくて、アンリエットは軽くもがいた。

「あ、……」

顎からのどもとに彼の息が当たる。いつもより荒くて熱い息は、やさしい保護者のものではなく、獣性を帯びていた。

彼の唇が、アンリエットの白い肌をついばみ、舌で味わう。ねっとりと肌を這い、印をつけていくのがわかる。チュッと吸われて、微かな痛みに小さく震える。

肩に彼の手が触れて、ドレスをそっと剥がしていく。

剥きだしになった肩にキスを落とし、甘噛みされた時、アンリエットの体がぴくりと震えた。

「ぁあっ」

ぴりっとした痛みの後、熱く感じた。

「アンリエット……、素晴らしい肌だ」

シルヴァンの声も潤んでいた。酔っているみたいに。

ストマッカーが外されて、窮屈なドレスから解放され、弾けるような乳房が表れたが、酔っていて、恥ずかしさはあまり感じなかった。彼の手がこぼれるような丸い乳房をすくい上げ、その柔らかさを味わうようにもみしだく。

初めて男の手に触れられたのは、熟した桃の実のようにみずみずしく柔らかく、子どものそれではないとわかっただろう。次第に夫の手に力が込められ、急《せ》き立《た》てられるように動きが早まる。

「あ……、ぁあん」

我知らずこぼれる吐息が、もう自分のものとは思えない。シルヴァンの愛撫《あいぶ》によって、アンリエットの体の奥で眠っていた何かが目覚め、萌芽《ほうが》していく。

下腹部の辺りが疼《うず》き、胸の頂きがひりひりするような熱感に見舞われた。彼の指がそこに触れ、アンリエット自身にも彼女の肉体の変化がわかった。

「硬くなっているね」

シルヴァンが耳元で囁く。

彼の指先が、それを確認するようにうごめき、アンリエットの敏感な部分を探った。

「ぁう……っ」

乳頭から甘いような、むず痒《がゆ》い快感が体を走り抜け、びくんと体が揺れた。

――なに、これ……？　お酒のせい？

「これがいいのかい？」

彼はそう言ったけど、何がなんだかわからず、アンリエットはただ頷《うなず》いていた。

チュッ、という音がしたかと思うと、今まで指先で愛撫されていた胸の頂に濡《ぬ》れた感触が当たった。その心地よさは全身に広がり、彼女の足の指先が硬直するほどだった。

「あ、あ、――」

これがクリステルの言っていた特別なことなのだろうか。

今まで感じたことのなかったほどの、この快感が――。

自分の体が、もうどうなっているのかわからなかった。

ただ、シルヴァンの唇があちらこちらに甘い痛みを残していき、そのたびに彼女の体が歓喜に震えた。

白い肌を紅潮させ、それに応えながら、アンリエットは目を潤ませていた。

悲しいわけじゃないのに、生理的な涙が溢れてしまうのだ。

やがて足の間に何かが触れた時、彼女は一瞬、羞恥心が戻ってきたが、次の瞬間、強烈な快感に悲鳴を上げる。

「ぁあああ……っ」

目の前が真っ白になり、全身から火を噴くような法悦に何度か震えたことだけは覚えている。

そして、彼女の意識はそこで途切れた。

＊　＊　＊

新妻の寝息を聞きながら、シルヴァンは劣情の嵐をなんとか鎮めた。

結婚後も子ども扱いしていたが、妻の肉体はすっかり大人のものとなっていた。

それどころか、女性として申し分のない魅惑的な体つきだったし、手のひらに吸い付くような肌のみずみずしさ、声の甘さといったら——昼間の彼女しか知らない者にはとうていわかるまい。

彼による愛撫に彼女は肌を薔薇色に染めて応えてくれた。

そのまま抱いてしまいたかった。

——だが、彼女は酔っている。

子どもじみた意地によって無理に飲んだ酒で。

肉体ほどに心は熟していないのではないか。

そう思い、彼はギリギリのところで抑制した。

シルヴァンは、もうひとつの問題に向き合わなくてはならなかった。

最近、素行の思わしくない甥のことだ。

「叔父さん、すみません。……奥さん、大丈夫でしたか？」

アンリエットをメイドに監視させ、母屋に戻ってマルクを執務室に呼び出すと、彼は神妙な顔で謝罪した。

「ああ、大事はない。今は呼吸も落ち着いて、離宮で眠っているから、メイドが付き添っている。彼女にはこれまで、果実水しか飲ませていなかったんだ」

「ごめんなさい、本当に。……でも、あんな葡萄酒くらいで酩酊《めいてい》するなんて、思ってもみなかったんで」

心から悪いとは思っていないような口ぶりに、シルヴァンは、甥を甘やかしすぎたかもしれないと今さらながら後悔した。彼が公爵家に出入りするようになった時は十五歳で、少々のことは寛容に見ていたのだ。

「マルク。さっき何を言おうとしたのか、まだ聞いていなかったね」

「ええ。僕は、奥さんの前では言えなかったんです。メイドのイジンカが今朝、奥さんの怪しい行動を見たって言っていたから忠告しなけりゃと思って――」

「怪しい……？」

「イジンカが掃除のために寝室に入ったら、奥さんが何か書類を盗んでいたって言うんです。だから、早く確かめたほうがいいですよ」

「書類？　盗まれて困るようなものは放置していない。下書きや書き損じはあったが、メイドに捨てさせるつもりでいた」

「じゃあ、引き出しや手文庫を調べてみてください。奥さんはサブロンに関して、何か探っているかもしれないじゃないですか。それに、聞いた話では、彼女は結婚が決まってもいないのに、大市で伯父さんに二十万ルードも散財させたとか――。使い道は知りませんけどね」

そんな噂があるとは、シルヴァンは驚いたと同時に不快だった。

「二十万ルードじゃない、二万の間違いだ」

するとマルクは狡猾な笑みを浮かべた。

「へえ……噂は本当だったんですね？」

甥の誘導に引っかかったと気づいて、シルヴァンは唇を噛んだ。しかし、マルクの糾弾は、それだけでは終わらない。

「そりゃあ、二十万に比べたら二万は大したことないかもしれないけど、たかが大市で、いったいどうしたらそんなに金を使うことができるんです？　……昨日も彼女は金細工師を呼べと執事に命じたそうですよ。公爵家の財産は、今にあの女に食い尽くされるんだ！」

「マルク、私は妻を取り調べするより先に、私たち夫婦の秘密について軽はずみにものを言うメイドを部屋係から外さなくてはならないようだな」

するど、マルクは顔を赤らめた。

「しかし、イジンカはいい加減なことを言う女ではありません。真面目で無駄口ひとつ叩いたこともないというのは、叔父さんだって知っているでしょう？」

「今までそう思っていたが、もう信用できない。そしておまえは今朝、アンリエットにそんなことを言ったのか？」

「いいえ、それはご心配なく。ただ、あの人は、まるで僕に口説かれたらどうしようと思い上がっていたようなので、熟女にしか興味ないと言っておきましたよ」

「ならこれは私からの頼みだが、夫婦のことは夫婦で話し合うから、今後、アンリエットを焚《た》きつけたり、不安を煽るようなことを言うのはやめてほしい。そしておまえ自身、使用人に対して軽率な行動は慎むように」

「叔父さん……」

マルクは裏切られたような表情で、シルヴァンを見た。

数々の女性遍歴を繰り返し、勉学にも身を入れていない甥については、いずれしっかりと説教をして性根を入れ替えさせねばと思うが、今は、新妻を守ることのほうが大事だ。

「わかりましたよ。もう言いません。せいぜい新妻に裏切られないことを祈るばかりですよ、叔父さん。失礼しました」

マルクはそう言い捨てると、ぷいと執務室を飛び出した。

＊　＊　＊

アンリエットが目覚めた時、ベッドには夫の姿はなかった。体は重く、手足もこわばっていて、ひどく疲れていた。

――わたし、……どうしたのかしら。

「奥様、お目覚めですか？　湯浴みのご用意をいたしましょうか」

声をかけてきたのは、いつもの部屋係とは違うメイドだった。

「今日は何日？　今は朝？　夜？」

「半日と経っておりません。夜でございますよ。四時間ほどお休みになっていました」

そう言われて窓を見ると、確かにランプが灯《とも》っており、窓の外では梟《ふくろう》の鳴き声がもの悲しく響いている。今日の午後は、夫と離宮で過ごしたはずなのだが、その後どうしたのかよく覚えていない。

「わたし……、なぜ眠っていたの？」

「奥様は離宮で旦那様、マルク様と一緒にお酒をお召し上がりになって、体調を崩されたのでございますよ。ですが、お医者様は心配ないとおっしゃいました。婚礼や祝宴の疲れもあるだろうから、よくお休みになったらいいでしょうというお見立てでした」

「そう……」

次第に記憶が蘇《よみがえ》ってきて、アンリエットの心に焦燥感が満ちてくる。

マルク・ジュアンに挑発され、強めの酒を飲んで、酔ってしまったのだ。

たった二杯で、彼女は酩酊状態になってしまい、夫の腕に倒れたような気がする。

あの時のシルヴァンの声は、少し怒っているようだった。

——でも、その後……？

後のことはひどく曖昧だ。

——頭が痛い……。

寝室の暖炉の前に置かれたバスタブの中で、アンリエットはうなだれた。

召使いが用意したバスタブの湯に半身を沈めて、彼女はふっと息をついた。

香油を垂らした湯を海綿に染み込ませて、自分の肩に注ぐ。

温かい湯で、強《こわ》ばっていた体がほどけていくのが心地よい。

乳母の住処《すみか》にも似たあの離宮で、いったい何があったのか、アンリエットはゆっくりと記憶をたどった。

口元に残っている、彼の唇の記憶は、水を飲ませてくれたからだろう。

でも、それだけではないような……。

なぜか、彼の舌の感触が残っていて、アンリエットはそっと自分の唇に触れてみる。

――あれは夢……？

シルヴァンの舌が自分の口の中に入ってきた、この感覚がはっきりと蘇るのに、夢だったのだろうか？

彼の手のひらが、乳房を包み込んだのは？

アンリエットの心臓が高鳴っているのは、酔いのせいじゃないだろう。

こんなにはっきりと、体が覚えているのはどういうことなのだろう。

そして、海綿で洗い流した後、自分の乳房を一瞥《いちべつ》した時、薔薇の花びらの色を見て、もう一度海綿で撫でたが、落ちない。

「これは何……？」

少しの間、考えて、彼女は息を呑んだ。

口づけの痕だ。

それを思い出した瞬間、下腹がギュッと収斂《しゅうれん》し、背徳的な疼《うず》きの感覚が蘇った。

「……あっ」

よく見れば、へその上や腕にも薔薇のキス痕は残っていた。

彼はそこかしこに触れ、口づけ、そして肌を吸って愛撫したのだ。

「じゃあわたしは……彼の妻になれたの？」

おそるおそる足の間に手を入れてみたが、経験のないことで、よくわからなかった。痛みはないが、子宮の辺りが疼いているような気がして、それが男女の交わりの証なのかもしれない。

酔いによって大胆になってしまった新妻に、彼は何をしたのか。

アンリエットの肌につけられたこの痕跡から察するに、シルヴァンはこの肌に唇を当てて、鬱血するほど吸ったということなのだろうか。

――でも、覚えてない。

もし結ばれたのなら、どうして自分は覚えていないのか。

酔いにまかせて初夜を成し遂げたのだとしたら、悲しすぎる。

――その時、彼はなんて言っていたのだろう。愛している、と嘘でも言ってくれた？

初めてなのだとわかってくれただろうか。

そして、いたわってくれただろうか。

それとも、ただの儀式のように淡々とそれは行われたのか。

いずれにしても、アンリエットにとって、亡き恋人を胸に秘めた夫を想い続けるための力になったに違いないのだ。クリステルの言った『特別なものがうまれる』瞬間を見逃してしまい、それは一生取り戻せないものなのだ。

「どうして酔ってしまったの？　わたしのバカ……！」

自分の愚かさに腹が立ったのと、大切なものを見損ねてしまったことが悲しくなってしまった。

アンリエットは嗚咽《おえつ》した。

「ばか、……ばか……！」

その時、人の気配がして、彼女は慌てて胸を押さえた。

「アンリエット、起きたんだって？」

目隠しの衝立《ついたて》の向こうで声がした。シルヴァンだ。

「どうした？　湯浴みをしているのか」

「な、なんでもありません」

「今泣いていたようだが。……失礼」

衝立越しの会話をもどかしく思ったのか、彼はシャツとベスト、ブリーチズという軽装で近づいてきて、バスタブの前に膝をついた。

「苦しいのか？　まだ具合が悪いのか？　それとも――」

アンリエットは顔を上げた。

「覚えてない……」

「え？」

「痕が残っているのに、覚えていないんです」

彼女はそう言って、胸は隠しながらも、自分の肩に残ったキスの痕をそっと示した。シルヴァンはそれを見ると、少し動揺の色を見せた。

「痕が残ってしまったのか……。申し訳なかった。でもすぐに消えるから――、いや、そうじゃないな。泣いているということは、貴女は私に辱められたと思っている？」

――辱められた……！

では、彼は自分を抱いたのだ。妻として、大人として認めてくれたのだ。

アンリエットはまた泣きだした。

「悪かった。泣かないでくれ。そんなに嫌なら、もう触れないから。寝室も別にする、ああ、こうして見るのもだめなら、メイドを呼ぼう」

彼はそう言って、立ち上がった。アンリエットは叫んだ。

「違います」

これで彼が立ち去ったら、もう二度と彼は戻ってこないと思った。

「わたし、……初めてだったのに、覚えていないのが悲しいんです」

「え？」

「教えてください、わたしはどんなふうでした？　あまりに未熟で、あなたに嫌な思いをさせたのじゃないかしら。……わたしはあなたの妻にちゃんとなれましたか？」

そう言っている間も、涙がこぼれてしまう。

シルヴァンは再び膝をつき、驚いた顔でこちらを見ていた。彼の頭の中で、何がどう動いているのかはわからないが、その目には愛情の片鱗《へんりん》が籠もっているように思えた。

「何を言っているんだい？」

彼は、濡れそぼったアンリエットの髪を一筋摘んでキスをし、やさしい目をして言った。

「最初から、いつだって、貴女は私の大切な妻だよ」

「そうじゃなくて……」

「肉体的なつながりのことか？　それなら残念だな。私も覚えていない」

そんな非情なことを言って、シルヴァンは衝立からリンネルのタオルを取り、新妻の肩にそっと掛けた。

「上《のぼ》せてしまうから、もう出なさい」

彼はアンリエットの腕を取り、そっと立ち上がらせた。

「や……恥ずかしい」

彼だけが服を着ているのに、自分は全て見られてしまうなんて。

しかし、そんな抗議も聞き入れられない。アンリエットが無駄にあらがって両手で胸や下腹部を隠している間、シルヴァンは、なにやら楽しげに、まるで湯上がりの子どもに対するように、新妻の髪や背中、そして腕や足までタオルで拭った。

おおかた水気を拭うと、彼はそのタオルを衝立にポイと投げかけ、アンリエットの背中に腕を回し、膝裏にもう一方の腕をあてがって、彼女を抱き上げた。

「きゃ……っ」

彼女は急に不安定な体勢になって驚き、夫の首につかまった。

「酔いはすっかり醒《さ》めたかな?」

「……はい」

「じゃあ、さっきの続きだ」

彼女はこうして横抱きにされ、ベッドへと運ばれていった。

＊　＊　＊

ベッドに横たえられたアンリエットに、シルヴァンは立ったまま問いかけた。

「貴女は名実ともに、私の妻になりたいのかい？」

「はい」

その会話の間、彼は自分のシャツのボタンをひとつひとつ外していった。

「貴女はマルクのことが好きなんじゃなかったのか？」

「えっ？　どうして？」

「今朝、マルクと話している時、貴女は真っ赤になっていたし、彼に子ども扱いされたから、躍起になって大人ぶってあんな真似《まね》をしたんだろう？」

「違います。あなたに子どもに見られるのが嫌なんです」

彼女がそう言うと、シルヴァンはふと手を止めた。そして、何か感慨深げな表情をしてこちらをしばらく見つめ、結局、脱ぎかけたシャツを肩に引っ掛けたまま、ベッドに上がった。

「よかった。……印を残したのは私の独占欲の現れだ。反省している」

「独占欲……」

アンリエットの胸を騒がせる言葉だ。シルヴァンは彼女を独占したいらしい。

自分の心には別の女がいるのに。

——でも、嬉しい。

「貴女が酔っている時にあんなことをして、軽蔑されないかと不安だった」

「あんなことって?」

アンリエットが問い返すと、彼は熱っぽい眼差しを向けて言った。

「忘れたのか? じゃあ思いとどまってよかった。私だって、大切な初めてを忘れてほしくはない。さっき起こったことを教えてあげよう」

その言葉の終わりのほうは、かすれた声で、ひどく艶めかしく聞こえた。

そして彼は口づけをした。

アンリエットのおぼろげな記憶にあるのと同じように、彼ははじめはやさしく軽く触れただけで、すぐに離した。

「こうして私がキスをした後、貴女は私のシャツを掴んで離さなかったんだよ」

それは覚えていた。

アンリエットは彼の言葉どおり再現するように、彼の背中にか細い腕を回した。

「貴女は酔っているんだから、こんなことをしてはいけないと思ったが、私は我慢できなかった」

彼はそう言って、次には濃厚な口づけをした。

アンリエットは軽く唇を開いて、彼の舌が入ってくるのを待った。

先刻は夫にされるがままだったが、今度は彼女のほうからも唇を押しつける。

舌を絡め、味わい尽くすように擦り上げる。

体がどんどん熱くなって、また酔ってしまったみたいだ。

「ん……んん、ぅ」

彼の舌の濡れた感触、触れられるとぞくぞくして、高鳴る胸のざわめき、それらは夢ではなかった。何度も唇をあてがい、重ね直して互いをむさぼる。

シルヴァンの手がアンリエットの体の表面を彷徨《さまよ》い、肌触りを確かめるようにあちらこちらを撫でる。その動きは次第に速く、強くなって、時に、荒々しいほどだ。

「あ、……はぁ」

アンリエットはあまりの激しい口づけに溺れそうになり、ふと解放された隙に大きく呼吸した。彼はそれから、どうやって薔薇の花びらのような印をつけたのか、再現して見せた。

彼の唇はアンリエットの喉元から下へとどんどん下りていった。彼は新妻の鎖骨をちろりと嘗《な》め、胸の谷間に鼻を埋めた。裸身を見られるだけでもいたたまれないのに、彼の舌が触れているだけで、たまらなく恥ずかしかった。だが、アンリエットはそれをこらえて、彼のすることを受け止めた。

彼の愛撫は胸の谷間から腹へと移り、それから、アンリエットの太股《ふともも》へと下りていった。吸われた時、小さな痛みに驚いたが、拒絶の言葉は絶対に言うまいと決めていた。

「ごらん」

と、彼は言って、彼女の膝を少し持ち上げて見せた。

白い柔肌に赤い内出血の痕がついていた。

「ほら、私のものという印が、また増えた」

シルヴァンの低く妖艶な声が、彼女に告げる。『私のもの』という言葉の響きに、アンリエットはくらくらした。

――こんな素敵なことが、酔って夢見心地の間に起こっていたなんて――。

「……これで全部ね？」

彼女がそう言うと、シルヴァンは呆れた声で返した。

「全部？　まさか」

そして、油断していたアンリエットの下腹にチュッとキスをした。

「そこは……恥ずかしいです」

慌てて秘部に手をやろうとすると、彼の手がその手首を掴んで体の両脇へと引き離した。

「さっき、貴女の気を失わせた原因を知りたくはない？」

「え……？」

問い返す間もなかった。彼はアンリエットの最も恥ずかしい場所に顔を近づけた。

「あ、……だめっ」

しかし、いくら足掻《あが》いても、彼の力強さには敵《かな》わない。

足のあわいに濡れた何かが触れた。

「あ……っ」

どくん、と心臓が跳ねたように、アンリエットの体が痙攣《けいれん》した。

何かが秘められた花びらを押し開き、ぬるぬると擦り上げていて、その感覚は淫靡《いんび》でひどく刺激的だった。

「は……あ、あ、……ぁ」

何をされているのか、最初はわからなかったが、ただ、愉悦がどんどん畳みかけてきて、体がびくびくと何度も跳ねてしまう。

――いったい何？　わたし、どうなっているの？

彼の息が下腹にかかった時、ようやく、アンリエットにはわかった。

これまで誰も触れたことのない場所に彼の舌が侵入しており、そこは恐ろしく敏感だったということに。

「こんな甘い声が聞けるとは、昼間の貴女から想像もできない」

というシルヴァンの声も妖しく誘うような蠱惑的《こわくてき》なものだと思う。

「感じているんだね。もっと味わわせてあげよう」

そして、彼は新妻の手のひらをシーツに向けて置くと、その上から柔らかく包んだ。

「こうやってシーツを握っておいで」

アンリエットは言いつけを守る子どものように、彼の言うとおりにした。左右に投げ出した手、それぞれにシーツを握りしめる。そうしないと、大変なことになるのかもしれないと思うと、少し怖くなった。

息を詰めて待っていると、彼はアンリエットの内股に手を添えて、静かに開いた。

「……あ、……や」

「じっとして」

体の奥まで開かれてしまいそうだったが、夫のひと言で、彼女はあらがうのをやめ、シーツをひたすら握りしめて恥ずかしさに耐えた。

「いい子だ」

ほとんど掠《かす》れ声で彼が言った、次の瞬間、あの魔法の触手のような濡れた舌が、隘《あい》路《ろ》の入り口をすっとなぞり上げ、花芯の小さな突起を舌先で暴いた。

「ああ――っ」

体の中心を駆け抜けるような衝撃に、アンリエットは悲鳴を上げた。

これまでに味わったことのない強烈な快感と目眩と浮遊感に、意識が遠のきそうになる。シーツを握りしめた手がこわばり、引き裂きそうになる。全身が熱くなり、とりわけ下肢の付け根の奥がたぎっており、子宮の入り口だろうか、その辺りがひくひくと収斂して、そこからわき出た何かによって足の間が濡れているのがわかった。

「アンリエット……」

彼は妻の肌から顔を上げて言った。

「これが、さっき起こったことの全てだよ。そして、これからもっと素敵なことを起こすから、眠らないでいてくれ」

「え……、はい」

アンリエットは息も絶え絶えだったが、嬉しい予感に微かに震えながら、彼がシャツを完全に脱ぎ、下履きも外して投げ捨てるのを待っていた。

彼女は目を閉じて、ベッドの振動から夫の動きを感じていた。彼はとうとう、ベッドを深く沈ませ、アンリエットの全身に覆《おお》い被《かぶ》さろうとして彼女の両脇に手をついた。

裸の胸と胸が合わさり、次に唇が重なった。

彼の肌は熱くて、少し汗で濡れていた。

下腹部に硬いものが押しつけられた時、それは一瞬なんだろうと思ったが、情熱的な口づけに、そんな疑問はどこかへ飛んでしまう。

やがて、彼は腰を少し浮かせ、アンリエットの足の間に膝を入れてきた。

その間も激しく唇をむさぼりながら、彼は再び妻の体を割り開き、右手で膝裏を支えて持ち上げた。

「……ん……っ」

また、舌で愛撫されるのかと思ったが、そうではなかった。

ちゅくちゅくとアンリエットの唇をついばむと、彼は顔を上げて言った。

「本当は半年でも一年でも待つつもりだった。貴女が私を軽蔑するのではないかと恐れて」

「軽蔑……？」

「うん、若い貴女の体を傷《いた》めてしまうかもしれない」

「いいの」

アンリエットは彼の迷いを打ち消すように、その首に腕を絡め、彼の肩に顔を埋めた。

「怖くないわ」

「泣いても、もうやめられないよ？」

それには答える間もなく、シルヴァンが動いた。

腰骨で彼女の内股を押し開き、露《あら》わになった蜜壺に劣情をあてがう。

硬く屹立《きつりつ》したものが、アンリエットの花芯をえぐるように入ってきた時、ずきんとした痛みを感じた。

「あっ」

ようやく彼女には、さっき下腹部に触れていたものが何だったのか理解できた。

「わかるかい？　これが私だよ。今から、貴女の中に深く挿入《はい》っていく――」

――これが……シルヴァンなの？　これが、その瞬間……？

それは粘膜をこじ開けるように、ゆっくりと進んできた。

想像もしなかった猛々《たけだけ》しさに息を呑んだが、彼女はひたすら、夫の背中に腕を巻き付けて彼を受け入れようと耐えた。

「アンリエット……」

呻くように、彼は妻の名を呼び、その愛らしい額の汗を手で拭い、前髪をそっとかき分けてキスをしながら、隘路へとたぎる肉棒を挿し入れる。

「は……ぁ、あ……っ」

彼の背中にすがりつく手に力が入りすぎて、アンリエットは彼の硬質な筋肉に爪を食い込ませてしまっていた。

「苦しい?」

「だい……じょ……ぶ──」

その返事に力を得たように、彼は進んだ。アンリエットの胎内はきつく押し広げられ、下腹がびくびくと震えた。

肌の熱さ、肉体の内側に迫《せ》り上《あ》がってくる硬い雄竿は野獣が乗りうつっているかのように凶暴で、アンリエットは耐えられないかもしれないと思ったが、それでも拒絶の言葉だけは吐きたくなかった。

「辛いかい? だが、……許してくれ」

ため息をつくようにそう言うと、彼はさらに力を込めた。

「あ──あぁっ」

貫く衝撃に、アンリエットの背が弓なりに反《そ》り、息が止まりそうになる。痛みはあったが、彼女の心は喜悦に跳ね上がっていた。

今、彼が自分の中に己を埋めた。

下肢が痺《しび》れ、鈍く痛むのは、彼女の胎内に、夫がしっかりと収まった結果なのだ。

──ああ、わたしの中にシルヴァンがいる……！

この瞬間を絶対に見逃したくない。

アンリエットは目を瞠り、シルヴァンの肩越しに宙を見つめていた。

蜜洞を穿《うが》ち、子宮口を突いて、体のいちばん深いところに確かに彼がいると思うと、感激の涙があふれてきた。

彼女は金色の睫を涙の露珠で光らせ、ぼやけた視界を拭うように瞬《まばた》きをする。

──結婚して生まれる特別なもの、って、これのことなのね？

シルヴァンの背中も肩も、汗で濡れていた。

「きついだろうね、アンリエット……すまない。だが、これで貴女は正真正銘の妻だよ」

「シルヴァン……」

彼は、妻をいたわるようにそっとキスをした。繋いだ体を離さず、かといって、激しく動かないように気遣ってくれているのがわかる。

「半年は耐えようと思ったのに、たった二日しか我慢できなかったが、それも貴女が可愛すぎるからだ。許してほしい」

「うぅん。嬉しい」

アンリエットが小声でそう言うと、彼が腕に力を込めて抱きしめた。彼女の中で、その剛直がびくんと動き、蜜襞をさらに圧迫するのがわかった。

「あ……」

「美しい妻――、こらえ性のない夫に呆れてしまわないか？」

「いいえ」

「じゃあ、もっと愛してもいいかい？」

もっと、とはどういうことかわからなかったが、アンリエットが頷くと、彼はゆっくりと腰を引いた。ひりひりとした刺激はあったが、強い痛みはなくなっていた。彼がアンリエットの中から出ていくようで、これで愛の初めての儀式が終わりなのかと思うと、寂しい気がした。

しかし、それは始まりだったのだ。

シルヴァンの力強い腕が彼女の背中をかき抱き、もう一方の手はその後ろ髪に回されていた。後頭部をしっかりと手のひらで覆って、熱い口づけをし、アンリエットもうっとりとそれを受け止めた。

舌と舌のねっとりとした挨拶はあまりにも官能的だった。我を忘れて彼を味わっていた時、再び彼が挿入《はい》ってきた。

「ん……っ」

体全体が押し上げられ、またアンリエットの中が彼でいっぱいになる。

彼は自分の形を新妻の蜜壺に教え込むように、ゆっくりと抽挿を繰り返した。

ギチュギチュという湿った音と、ベッドの弾む音、それから互いの舌を吸って、互いの唇をむさぼる淫靡な音が、狂想曲のように交じり合う。そしてアンリエットの唇から漏れる喘《あえ》ぐ息、次第に潤んでいくよがり声——。

「……ふんん……っ」

彼は唇を離して体を少し起こした。

「もっと聞かせてくれ。貴女の甘い声で、さらにそそり立ってしまう」

「ぁああ——」

「ああ、たまらない。か細くて、頼りない声なのに、私を煽ってやまない」

彼はそう言って、もっと激しく突き上げた。

「は、あ、ぁ、……あっ」

交合の音は、水音のように潤ってきて、もはや苦痛はなく、律動によせて別の感覚が溢れてくるのを感じる。

「あ、ああ……ん」

「アンリエット——可愛い妻……。自分でも腰を動かしてごらん」

そう言われて、彼女はそのとおりにしようとしたが、身動きした時に生まれる、むずむずとした愉悦の萌芽に戸惑い、どうしていいかわからない。

「あ、の……、ふぁ……っ」

喘ぎながら、ひたすら夫の腕にしがみつき、内股に力を入れてみた。

ズクン、と彼の雄竿が震えてアンリエットの内壁を軽くえぐる。背筋がぞくっとするような快感に見舞われ、彼女の体が小さく跳ねた。

「ひぁ……っ」

「そうだ、上手にできたね」

「本当？　これで、いいの……？」

書取りをひとつ覚えて褒められたように喜ぶアンリエットを見て、何を思ったか、夫は、チュッと軽いキスをして言った。

「もっとたくさん教えたいが、今日はもう、私が限界だ」

そして、彼はいっそう勢いを増して腰を押し出した。熱い吐息を漏らし、汗をしたたらせて、彼の強靱《きょうじん》な肉体が躍動する。加速する抽挿に、アンリエットの華奢《きゃしゃ》な肉体は容赦なく突き上げられ、シーツが捩《よじ》れ、金の髪が激しく乱れた。

「あ、……ア、ぁあ、……っあ――！」

彼女の甘い悲鳴が寝室を震わせた瞬間、シルヴァンの体がぴくりと硬直した。アンリエットの中で、彼自身が激しく脈動し、肉洞の奥に熱いものを注いでいるのだ。

肉体を交わらせただけでも、アンリエットにとって衝撃だったが、それだけではなかった。こんなふうにシルヴァンが理性を失い、獣のように彼女の体を貫き、自分の体にその体重を半ば預けて果てるなんて――。

ぴたりと摺り合わせた肌、汗のしたたる男の肉体、そして、妖艶なため息――。

全てが夢のようで、幸せの絶頂の中、アンリエットの意識が遠のいた。

＊　＊　＊

翌朝、早くに目が覚めた時、アンリエットはまだ彼の腕の中にいた。

上掛けの下で、裸身を寄せ合ったたまま、眠っていたらしい。

もぞもぞと動いてみたが、体中の筋肉が痛かった。とくに、下腹部の辺りに疼痛《とうつう》を感じ、それだけでなく、何かがこじ挿《い》れられたような異物感が残っている。

疲労感は大きいのに、心はうきうきとして、幸せな夢を見ていたような気がする。

──ああ、わたし……、シルヴァンと結ばれたんだ……。

夢でなかった証拠に、こんな心地よい疲れと貫かれた感覚が残っているのだ。

──彼は？　満足してくれた？

ふと不安になって、夫の顔を見つめたが、彼はまだ目覚めていない。彫像のように整った顔に、黒髪が垂れていた。

アンリエットは微笑んで、それを摘んで軽く引っ張ってみた。

「ん……？」

シルヴァンは少し唸って、眉をひそめ、黒い睫を幾度かしばたたかせながら、その瞼を開いた。鳶色の目が、アンリエットに焦点を定める。

「ああ……アンリエット」

まだ眠気の去らないぼんやりした声で言い、シルヴァンは笑った。

「昨夜は素敵だったよ。可愛いアンリエット。だが、貴女は私に幻滅していないか心配だな」

「どうして？」

「それはつまり……、初夜の儀式が、想像を絶していただろうと思うから」

「想像もつかないものだったわ……でも──」

「──でも？」

「うまく言い表せないけど、恥ずかしいし、びっくりしたけど」

「私のことが嫌いになったか？」

「ううん……素敵だった」

その言葉を証明するかのように、アンリエットは夫の首筋に抱きついた。

そして、シルヴァンのほうも抱きしめてくれて、どちらからともなく朝の口づけを交わした。

「これから、毎朝、美しい妻のキスで目を覚ますと思うと嬉しくてくらくらするな。……だが、さっきの起こし方は何だったかな」

日頃家人には見せないような、甘い眼差しと声でそう問われると、アンリエットはくすりと笑って言った。

「ごめんなさい。髪が乱れていたから直そうと思ったんだけど、でも気になって引っ張ってみたの。この髪は……本物だったのね」

「なんだって？」

「あのね、わたしがあなたのダンスの申し込みを断った後、父が怒りのあまり、鬘を床にたたきつけたの。……だから、あなたももしかしたら、と思って——」

新妻の打ち明け話に、シルヴァンは一瞬目を見開き、それから少し顔を赤らめ、次に不機嫌な顔をしてみせた。真剣に怒ったのでないことは、その目のやさしさでわかったが。

「──なんて悪戯娘だ」

突然彼は身を翻し、アンリエットに覆い被さった。

「きゃっ」

彼は乱暴なキスをひとつして、それから、妻の唇を弄ぶように食《は》んだ後、切ない目をして囁く。

「髪が本物じゃなかったら、愛想を尽かされたのかな」

「そんなことないわ。気障《きざ》な男の人はみんな鬘を使うからちょっと嫌だけど、あなたならきっと嫌にならないわ」

「どうだろう」

彼は疑い深い物言いをして、何度もキスをした。

口づけの狭間《はざま》に、アンリエットはふと呟いた。

「……赤ちゃん、できたかしら」

先に結婚したクリステルですら、まだその報告はないから、少々早まったかと思うが、愛する男の子どもなら、どれほど愛《いと》しいことだろうか。

「世継ぎがほしいのかい？　私はまだ、しばらくは貴女と二人きりの世界を味わいたい。ほら──もうこんなになってしまった」

彼の手に導かれて、その下腹部に触れると、その雄芯は既に熱くなって屹立していた。
そして、アンリエットはまた愛の手ほどきを受けることになった。

第五章

それからは、本当の蜜月というにふさわしい甘い日々が過ぎていった。

二人は買い物に行くのも一緒だった。

ある時は、アンリエットが強く望んで、ボタン商を訪れた。

「奥さん、なにを考えているのか、そろそろ教えてくれるかな。新しいドレスをあつらえるのなら隠さずに言ってくれればいい。……しかし、そっちは男ものばかりだろう、アンリエット。貴女にはこちらのほうが合うんじゃないか」

黒いボタンの並ぶ陳列台を食い入るように見つめるアンリエットに、シルヴァンは白やブルー、ピンクのボタンが並ぶ陳列台を指さした。

「布の色は何色なんだい？　職人に相談しようか。私はこういったことには無頓着だからなあ」

アンリエットはくすりと笑った。

「違うわ、シルヴァンのアビのボタンを一緒に選びたかったの。いつの間にか、袖のボタンがひとつなくなってしまったのですって」

「私のなんだって？」

「赤いアビのボタン。メイドは払い下げを望んでいたみたいだけれど、ボタンひとつでアビを手放すことはないでしょう？　これと同じボタンはなかなか見つからないと思うので、似たものを探しているの。あなたも考えて」

「確かに。しかし、あれはめったに着ないからマルクにやってもよかったよ。年甲斐もないだろう。自分なら絶対に選ばない色だ。甥は自分が着たいからあんな色を勧めたに違いないんだ」

シルヴァンの自信なげな言葉に、アンリエットは奮い立った。彼は本当に無頓着だ。自分の風貌がどれほど人を惹きつけるかを、全くわかっていないという意味で。

「あれは断じてあなたに似合っていました。初めて会った日に着ていたでしょう？　もう着ないんだとしても……、わたしは手元に置いておきたいの」

そう言って、アンリエットが夫を見上げると、彼は奇妙な表情でこちらを見下ろしている。口元には笑みがうっすらと浮かんでいるが、それなのに少し悲しそうな目で、眉は微かにひそめているのだ。

「シルヴァン、どうしたの？　気を悪くした？」

「……違うよ、感動しているんだ」

「何に？」

「可愛い新妻が、随分前のことなのに私が着ていた服を覚えていて、ボタンのことまで気にかけてくれて、嬉しいんだ」

そういうと、彼は人前だというのにアンリエットを抱きしめて頬に口づけをし、それでも足りないというように、髪や手にもキスをして、店の者に失笑されてしまった。

「もうやめて、シルヴァンったら……」

「お客様、残念ながら、全く同じボタンはございませんでした。職人に作らせると、今から半月はかかってしまいます。それよりも、こちらではいかがでしょうか」

店主は、白布に二つのボタンを乗せて見せた。

「これはよく似ているし、身頃のボタンと並べても違和感がないわ。これにしましょう、シルヴァン」

こうして買い物を終えた帰り道、馬車の中でシルヴァンは上機嫌で、その日の午後は離宮で過ごそうと言った。

二人は週に三度は、離宮の隠れ家で誰にも邪魔されずに楽しいひとときを過ごしていた。

雪の残る庭を横切って、あの小屋に入ると、召使いによって既に暖炉に火が入っていた。

「寒い……」

暖をとるアンリエットを、シルヴァンが背後から抱きしめる。

「シルヴァン……?」

「アンリエット。初めてここに来た日、貴女を抱きしめたことがあっただろう?」

「ええ、池の向こうからこちらを眺めていた時——」

「あの時、私は必死に自分を抑えていたんだ。子どもを抱くように、驚かさないようにとね。そして、あまりの柔らかさに心が震えたよ」

「わたしの胸も踊っていたのよ」

「こんなふうに貴女を抱きしめられる私は世界一幸せだ」

「シルヴァン……わたしも」

そして、夫の腕の中で体をよじると、アンリエットは彼を見上げる。

目を閉じて熱い口づけを待っていたが、下りてきたのは軽く触れただけのキス。

驚いて目を開けると、彼が照れたように笑っていた。

「貴女に贈り物がある。小屋のどこかに隠した」

「ええ?」

「何を隠したの？　大きなもの？」

「愛が試される……とだけ言っておこうかな」

全く意地悪だ。見当もつかない。

アンリエットは、まず、小屋に入ると、マントルピースの上に飾られた花瓶の中を見たが、何も入っていなかった。次に、カーテンの後ろを見たが、見つからない。彼女はテーブルの下、ベッドの中、それに、鏡台の引き出しも、壁に掛けられた鍋の裏側まで探したが、だめだった。

——愛が試されるって何……？

アンリエットの胸にふと暗い影が差した。

——わたしには、愛が足りないってこと？　そんなこと絶対にないのに。

ふと、彼女の脳裏に、一枚の肖像画が浮かんだ。ホールに飾られた馬上の女だ。

サリー・マルゴなら、いとも簡単に見つけたのではないか。シルヴァンと彼女は、いつもこんな遊びをしていたのだろうか。

そんな焦燥感に見舞われ、しばらくの間、思い出しもしなかった疑念が蘇る。

アンリエットが途方に暮れたようにシルヴァンを見つめると、彼はふと、ベッドの脇の鏡台に目をやった。

「さっき調べたわ」

「いいから」

彼女はもう一度、鏡台の引き出しを開けてみたが、見慣れたブラシやピンが少し入っていただけで、贈り物らしいものは何もなかった。夫のほうを振り向くと、彼は笑顔を浮かべて言った。

「どうだい、気に入ったかい？」

――まだ、見つけてもいないのに。

愛を試すと言う彼が憎らしくなってきて、アンリエットは部屋を出た。

いつかシルヴァンが連れていってくれた、埃まみれの屋根裏部屋に上がっていく。

彼が悪戯に贈り物を隠すとしても、こんな危なくて汚れた部屋にとは考えにくいが、そこでも見つからなかったら、妻の資格すら失ってしまいそうだった。

「アンリエット、何をしているんだ。そんなところには――、アンリエット？」

シルヴァンが追いかけてきて、下から呼んでいるが、見つけるまで下りないつもりだ。

屋根の形そのままに天井が傾斜した小部屋で、頭を低くして探した。

以前に来た時にも見ていたペン先や算術の道具の他に、古びたノート、それに兵隊の形をした玩具――。

アンリエットにとって、シルヴァンの幼少期の宝物は、自分にとっても宝物に思えて、その中のどれが贈り物だと言われても嬉しい気がする。

しかし、だんだん薄暗さに目が慣れてくると、埃まみれの床の片隅に、棒切れが落ちていることに気づいた。

「まあ……」

アンリエットは這《は》い寄《よ》って、腕を伸ばしてそれを掴んだ。

それには、ナイフで削った棒の先に、羊皮紙の書き損じを切って作った四枚の羽根がとりつけられていた。

彼女は、ようやく見つけたと思い、そろそろと梯子を下りた。

「アンリエット――？」

「たくさんあって、本当に迷ったけど、これじゃないかと思うの」

階下で待ち受けていたシルヴァンに、アンリエットは薄汚れた風車を差し出した。

「あなたが小さい頃に作ったものでしょう？　あんな奥深くに隠すなんでひどいわね。それに……、それに――」

最も言いたいことを言おうと思った時には、声が震えて言葉が詰まってしまった。

睫で縁取られた目には、涙がいっぱいたまってきて、一回でも瞬きをしたら零《こぼ》れ落《お》ちる寸前だった。

「それに……、なんだい、アンリエット？」

「愛を試すなんて、しちゃいけないことよ。わたしはどうしたって敵わないんだから」

サリー・マルゴには、というのは口には出さなかった。出さなくても、彼は思っているはずだから。

こんな感情の発露を彼がどう捉えたのか、アンリエットにはわからない。

シルヴァンは神妙な顔つきをしていた。何かしら、心を動かしたように、しばらく無言で彼女を見つめていたが、一度足下に視線を落とすと言った。

「貴女は、どうしてそれが贈り物と思ったんだい？」

「シルヴァンが作ったものなのでしょ？　そうでなくても、あなたが大切にしていたものだろうと思ったの。もしも、これをくださるのなら──」

その先が言えなかったのは、彼が突然、抱きしめたからだ。

「アンリエット！　愛を試されたのは私のほうだ」

長く、強い抱擁の後、二人は暖炉のある客室へと戻った。

「貴女はさっき、鏡をちゃんと見なかったのかい？」

「鏡……？」

「そこに、プレゼントはあったんだ」

「えっ？」

「ほら、座ってごらん」

シルヴァンに勧められ、アンリエットはドレッサーの椅子に座った。どこにあるのか、という思いで、彼女は鏡越しに、夫と見つめ合う。

「首飾りが見えるだろう？　貴女がもう身に着けていたんだよ」

「……あっ」

言われてみれば、鏡に映ったアンリエットの衿元に、見慣れない宝飾品が掛けられていた。彼女の瞳に合わせたのだろう、ブルーのサファイヤをダイヤモンドで囲み、銀の台座で留めた美しい首飾りだった。

「いつの間に――！」

「さっき、暖炉前で抱きしめた時に」

「ああ……」

では、彼が鏡台を目で示したのは、鏡台の引き出しではなく、鏡を見ろということだったのだ。

「だって、試すって……」

「私の選んだものが、可愛い妻に気に入ってもらえるかどうかで、自分がどれほど貴女の喜ぶことを理解できているか、試されると思って見ていたんだよ」

「……そうだったの……！」

「だが、貴女はこんなものを喜んだ」

そう言って、シルヴァンは古い風車を摘み、くるくると軸の棒をねじって指先で弄んだ。

「ごめんなさい……わたし、焦ってしまったの。この贈り物ももちろん、とても嬉しいわ」

「お父上は、がさつ者の娘ですがと謙遜されていたが、本当に貴女という人は――」

アンリエットは、今更ながら、自分の幼稚さに情けなくなってきた。

「本当に貴女は愛しい人だな」

「え？」

「貴女は、私の子どもの頃の思い出まで大切にしてくれるんだね」

彼はそう言って、風車を鏡台に置くと、アンリエットにぬかずくように膝を折った。そして、彼女の両方の膝にドレスの上から手を添え、鏡台から自分のほうへと向き直らせた。

「私の肩につかまって」

シルヴァンに言われたとおりにすると、彼はアンリエットの尻と膝を抱え上げた。

「あっ」

そのまま、縦抱きにされてベッドに行く間、彼女は夫の肩にしがみついていた。

彼の心情がわからないまま、アンリエットはその身を夫に委ねていた。彼の贈り物を真っ先に見つけて喜ぶことができなかったのに、彼は怒ってはいないようだ。

ベッドの縁に俯《うつぶ》せにされ、背後から彼の肉体がのしかかってきた。

互いに着衣のまま、しばらく背中越しにその鼓動を聞いていると、シルヴァンは新妻のうなじにキスをした。

くすぐったくて身をよじったが、彼はそれを止めてはくれなかった。

「あ……ん、シルヴァン……くすぐったい」

足掻く彼女の手を、シルヴァンは左手で押さえてベッドの上掛けに縫いつけ、右手は妻の腰から胸へと這わせている。

コルセットはつけていないので、布越しに彼の指先が何を探っているのか、アンリエットにもわかった。ツイードのドレスの胸当て《ボディス》のボタンを外し、彼の手がリネンのシュミーズの上から丸い乳房を掴んだ。

「は……っ、ううん」

薄い布地がよじれてアンリエットの乳頭を擦ったので、ベリーのように小さな果実がツンと立ち上がった。淫らな予感に彼女は身震いした。昼間からこんな、というやましい気持ちと、体の奥に灯された官能の種火を消したくない気持ちがせめぎ合う。

アンリエットが足掻くのをやめたとわかると、シルヴァンは、その左手を彼女のジュプの下に潜り込ませてきた。

乳房の先端を指先で蹂躙《じゅうりん》され、体の奥は既に溶け始めている。下肢のあわいは、彼を待ち受けて熱い滴りを零し始めていた。彼の手が、閉じた花びらをくぐり抜けて来た時、アンリエットの体がぴくりと小さく跳ねた。

「ひ……っ」

「ああ、貴女も感じてくれているんだ」

シルヴァンの艶めかしい声が、首筋を撫でる。

「い、や……」

「私は嬉しいよ」

妻が恥ずかしがっているというのに、彼は無情にも、アンリエットの下肢を隠しているジュプをまくり上げ、ドロワーズを引き下ろした。

「や……、だめ……っ」

慌てて上体を起こそうとしたアンリエットだったが、彼に背後から覆い被せられていて、全く非力だった。

彼は、アンリエットの花芯のあわいに指を滑らせ、彼女が潤っているのを確認すると、その手を妻の下腹部にくぐらせて、自分のほうへ引き寄せるように持ち上げた。尻を突き出すような格好になってしまい、アンリエットは足掻いた。

「かわいいお尻だ。もうこんなになって――」

「ひどい人！　許さないから……ひっ」

妻の抵抗など無視して、シルヴァンは彼女の秘裂に剛直を押しつけてきた。

熱い口づけもなく、衣も脱がずに交わるなんて――。狼狽《ろうばい》しているのに、彼女の肉体は、夫の劣情を受け止めていた。

自分だけが剥きだしにされた、丸い双丘の柔肌に、彼のズボンのざらざらした感触が当たっている。それなのに、蜜門には、熱い肉棒の先端を突き立てられ、半ば強引に押し開かれるのだ。

ぐぷ、じゅぷ、と淫靡な濡れ音が責め苦のように耳に飛び込んでくる。彼にはもう何度も抱かれたが、こんな体勢は初めてなのだ。

「あ、……ああ、……や……っ」

「愛しいアンリエット……、嫌というのは口ばかりで、中はこんなに柔らかい」

彼はそう言いながら、アンリエットの耳たぶを後ろから銜《くわ》えた。

「ああん……！」

急所を捉えられた獲物のように、アンリエットは身じろぎもできなくなって、彼が胎内に挿入ってくるままに耐えていた。嵩《かさ》高く、強い圧力をもって突き上げる肉棒に、内襞をいつもと違う角度でえぐられる。

「あ、……あ、……はぅ……っ」

アンリエットは一瞬くらりと目眩を覚え、恐ろしくなって上掛けを握りしめる。

ドレスはクシャクシャになり、背中にはシルヴァンの上衣《アビ》が当たっている。体温を感じるのは、彼女の蜜洞だけで、彼が動くたびに肉襞が歓喜に震えている。

ヌチュヌチュと抜き挿しされ、子宮口を突かれ、彼が身を退けると、隘路が寂しげに収斂する。その間も、アンリエットの蜜壺はたっぷりの甘露を溢れさせ、白い内股を伝って零れ落ちていくのがわかる。

「あ、……あ、もう……だめ、だめぇ」

彼女の懇願も聞き入れず、シルヴァンはさらに速度を上げて抽挿した。

雄竿のくびれた部分が肉襞を押し広げたかと思うと、えぐりながら退き、ギリギリで止めてまた穿つ。

ベッドはギシギシと鳴り、天井から下りた垂れ幕も微かに揺れている。アンリエットは、夫の大きな手で胸と腹を衣の上から抱きしめられ、屈辱的な姿勢で犯されているのに、体の深奥

から、たまらない快感が突き上げてきた。

「あ、……ぁあああっ」

びくん、と彼女は上体をのけぞらせた。

狂おしいほどの快感に身をよじり、嬌声《きょうせい》を上げる。

彼女を抱きしめる夫の腕に力が籠もり、息ができないほど強く抱きしめられた。

「……っ」

シルヴァンの肉体が硬直したのを背に感じる。アンリエットの中で、彼の劣情が弾けた。

彼女の体の中心が溶岩みたいに熱く溶けて、彼の体液を呑《の》み込んだその瞬間、愉悦が突き上げて、アンリエットの意識はとびそうになった。

「ああ、……っあ――!」

全身から力が抜けて、ベッドの上掛けを掴んだままへなへなと崩れ落ちるアンリエットを、シルヴァンの腕が抱え上げた。

「……リエット……。可愛いアンリエット。すごくよかったよ」

そして、新妻のドレスを元どおりに整え、暖炉前の肘掛け椅子に座らせると、シルヴァンは下僕のように彼女の前に跪《ひざまず》いた。

「今のは……なんなの?」

アンリエットは半泣きで尋ねた。

「シルヴァンはなんだか怖かったわ。……怒っているの？」

すると、彼は妻の手を両手で包み、うやうやしくキスをした。

「違うよ。脅かしてすまなかった。私は怒っていたのではなく……、つまり、男が余裕のない時には、ああなってしまうものなんだ」

それを聞いたアンリエットは慌てて立ち上がった。

「余裕がない？　時間がないの？　仕事の邪魔をしていたのね、わたし。じゃあ、あなたはもう行かなくちゃならないわ」

「そうじゃない。……どう言ったらわかってもらえるのかな。つまり――」

シルヴァンはまだ中腰のまま、アンリエットを見上げていた。

こうして夫を見下ろしていると、彼は劣情を収めて冷静さは取り戻したものの、乱れた前髪に情事の名残りが見える。

「つまり……、アンリエット、抱きしめていいかい？」

「……ええ」

言いかけたことの説明に全然なっていないが、アンリエットはそれでも嬉しかった。

彼の腕の中にいると、今ではすっかり、自分が夫の心の大半を占めているのではないかという気がする。

しかし、母屋の家人の目のつく場所に戻ると、彼はいつもどおり、冷静沈着でストイックで、完璧な領主になる。執事に何か耳打ちされた後などは特に、彼は気がかりな顔をして物思いにふける。

——きっと、マルク・ジュアンについて考えているのよ。

そんな時アンリエットは、取り残されたように不安になり、ざわつく心をなだめて自分に言い聞かせた。

夫の鳶色の瞳の奥に、遠い国の恋人の影が映っているなんて、考えたくなかったのだ。

＊　＊　＊

シルヴァンは、結婚というものがもたらした変化について、予想以上のものがあったことに驚いていた。彼にとって、妻を娶《めと》るということは、責任を負うものであり、自分を奮い立たせ、ゆくゆくは公爵家を繁栄させ、安泰にすることに他ならなかったが、アンリエットと巡り会って、そんな単純なものではなかったと覚った。

自分の中にこれほど深い愛情が潜んでいたなんて知らなかった。

彼女に比べたら自分は随分と大人であり、老獪《ろうかい》だと思っていたのに、こうも余裕がなくなるとは――。

確かに、彼女は生娘で、最初のうちはいかに傷つけないように抱くかに注意を払っていたが、回数を重ねるにつれて変化する彼女の反応と肉体に、今では我を忘れるほど翻弄されているのだ。

人前ではこらえているが、自分は相当に浮かれているのではないだろうか。

いい加減にしないと、天罰が下るのではないかと思うほどの幸福感に満たされているのだった。

――公務はおろそかにしていないし、全てうまくいっている。だが、気を引き締めろ。運命の女神は嫉妬深いかもしれないから。

ある日シルヴァンが別棟の厨房《ちゅうぼう》近くを歩いていると、突然物陰からエプロンをした女が飛び出してきた。アンリエットの部屋係から厨房係に転じたメイドだった。

「旦那様、お願いします」

「何事だ？」

「どうか、どうか私の話を聞いてください」

「なんだって？」

「私は十三の時からこちらでお世話になり、無駄口もたたかずに一生懸命働いて参りましたが、もしも、奥様のご機嫌を損ねてしまったのなら、どうかお詫《わ》びを――」

「部屋係を外したことが不満か。あれは妻が決めたのではなく、私が命じたことだ」

シルヴァンが硬い声で言うと、メイドは怯えたように言った。

「いいえ……、旦那様。めっそうもありません。私は恩こそあれど、不服など言う立場にありましょうか。お願いしたいのは、マルク坊っちゃまのことでございます」

シルヴァンは甥のマルクの顔を思い浮かべた。飾りっ気もなく、真面目によく働くこのメイドがマルクを誘惑するなど考えにくいが、今こうしてその名前を口に出されることで、現実味を帯びてしまった。

使用人に手を出すなど言語道断と、甥に厳しく言わなくては。

おぞましい気持ちでメイドを見下ろしていると、彼女は意外なことを言った。

「旦那様は、坊っちゃまが異国人の娼館で揉《も》めごとに巻き込まれていなさることをご存じでしょうか」

「なんだって？」

「悪い女に騙されたとおっしゃっていました。なんでも坊っちゃまは、今夜六時に外人傭兵の宿舎《ドム・ドゥ・メルスネール》で決着をつけるのだとか……」

メイドの悲鳴にも似た糾弾に、シルヴァンは目眩がする思いだった。ドム・ドゥ・メルスネールというのは異国の娼婦《しょうふ》を扱う娼館の名で、治安も悪く危険な場所だ。

「今夜六時に？　決着をつけるとは？」

「詳しくは存じません……。これは私の憶測にすぎませんが、その女の亭主に言いがかりをつけられて、強請《ゆす》られていらっしゃるのかもしれません。その場合、お金ですみますでしょうか？　万一決闘にでもなったらと考えると恐ろしくなり、ご相談した次第でございます」

シルヴァンが日頃心配していたことが、とうとう起こってしまったと思った。

「マルクはどこだ」

「さっきお出かけになりました」

まさかそこまで荒れていたとは。シルヴァンは甥のことは常に気に掛けてきたつもりだが、どこかで手綱を緩めてしまっていたのかもしれない。

＊　＊　＊

アンリエットが嫁いで半月――夫との仲はすこぶる良好と言えるだろうが、家人たちとはあまりうまくいっていない。

アンリエットは、メイドとは、必要なことを命じる以外はほとんど口を利かなかった。彼女たちはどことなく冷ややかで、公爵夫人を外からの闖入者《ちんにゅうしゃ》のように受け止めているような気がするのだ。マルクが最初の挨拶の時に言っていたが、家人たちにもそのようにアンリエットはサブロン帰りで言葉も通じないと思われていそうで、あちらから声をかけてくることはない。

もしかしたら、それは、ただのカルミア国の醸し出す気取った空気に過ぎないかもしれない。しかし、アンリエット自身も、彼らに何か命じようと思うだけで緊張して、言葉も少なく、顔が強ばってしまうのだった。

その日の昼下がり、シルヴァンに急な用事ができたため、金細工師の訪問をひとりで受けなくてはならなくなった。

――でも、いいわ。受け取るだけだもの。

アンリエットは応接の間で金細工師を迎えた。

「こちらでございます」

宝石箱の中、小さいクッションの上にうやうやしく置かれていたのは、シルヴァンのアビから外したボタンに金の枠をつけ、金の鎖をつけたブレスレットだった。

先日、ネックレスを夫から贈られたので、ボタンのほうはデザインを変更したのだった。

アンリエットは、それを鍵付きの引き出しに入れた。

その中に納められているものは、まだ夫に渡せないでいるクラヴァット以外は全て宝物だ。彼から贈られたカード、彼の書き損じの手紙、離宮で見つけた風車、そして彼がくれたネックレスに、今また、彼のボタンで作ったブレスレットが加わった。

職人が帰った後、カーテンを開け、窓の外を眺めると、まだ雪に覆われた庭園が見える。

サブロンには雪は降らなかったから、本国の冬の寒さは苦手だが、雪景色は美しいと思う。

ここには夫しか味方はいないように思える。

——そうだわ、図書室へ行ってみようかしら。

夫がいないからといって、ホールには永遠の恋敵の肖像画があるし、かといって寝室ばかりに閉じこもっているわけにもいかない。手持ち無沙汰なので公爵家の誇りにしているという蔵書を見ようと思ったのだ。

結婚してすぐに、一度案内されたものの、どんな本があるかまではわからなかった。

「わあ、……すごい」

天井までびっしりと本が並んだ壁を見て、アンリエットは嘆息した。

ホールのように中二階にバルコニーのような足場が作ってあるが、最上段は、シルヴァンほどの長身の人間でなくては手が届かないだろう。

法や宗教大全、哲学、論理学、それからカルミアだけでなく、異国の歴史についての本もあり、公爵家の造詣の深さを物語っている。

中段の一区画には、美しい彩色画の入った植物の図鑑や薬草の事典もあったし、くまなく歩いて見ると、異国の言葉で編纂《へんさん》された書物もあった。

古く、骨董《こっとう》的な値打ちのある手書き写本などは、革の外装に鎖がついて、壁に繋がれていた。

背表紙を見ているだけでも一日がかりで、こうした学術的な環境でシルヴァンの人格が培われたのだと思うと、いっそう彼への思慕が増してしまう。

その時、戸口に人の気配がした。

「……シルヴァン？」

アンリエットは夫が帰ったのかと思ったが、気のせいだったようで、なんの答えもなかった。

こうして、図書室に二時間ほどいただろうか。

廊下に出て、中庭でも眺めようと屋根付き回廊を歩いていると、マルクがやってきた。

「ごきげんよう、叔母上」

「……ごきげんよう」

アンリエットは、挨拶を返しながらも緊張感で体が硬くなるのを感じた。マルクはへらへらと笑いながら近づいて言った。

「叔父上とはうまくやっているようですね」

「ええ、お陰様で」

初対面の時は、クリステルの警告もあって、随分危険で女たらしの大人びた男という印象だったが、今思うと、そうでもない。ただの軽薄で下品な男にしか見えない。

「さっき、職人が来ていたようですが？」

「ええ、それが何か？」

「叔父上の留守の間に何をなさっているのかと思っただけです。しばらく姿が見えませんでしたね？　どこにいらしたのかな、まさか職人と……」

アンリエットはまた侮辱されたと感じた。マルクは常にどこかの物陰で女を口説いているかもしれないが、だからと言って、こちらまで疑われてはたまらない。

「誰もが自分と同じように行動するとは考えないでほしいわ。あなたの目の届くところにいつもいなくてはいけない理由なんてありませんし」

こうしてぴしゃりと釘を打ったことが、マルクの闘争心に火をつけたようだ。それまでねっとりと皮肉な物言いをしていた彼が、突然真顔になった。

「僕にそんなふうな口を利いてもいいんですか？　叔母さん」

「その言葉をそのままお返しするわ。わたしを監視しないで」

「監視……？　僕は心配して差し上げているんですよ。叔父さんは貴女にぞっこんで、本当の姿がまるで見えていないようだし、貴女ときたらひどく高慢な態度ですから、このままだと公爵家の家人を全て敵に回しかねない」

「人にどう思われようと、別に興味ありませんから。そんなことより、自分の心配をしたらどうなの？　あなたこそ不毛な遊びはやめたらいかがかしら。あなたはシルヴァンの気がかりの種よ」

「これはこれは、全く強靭な精神力でびっくりだ。……僕はね、財産目当ての愛のない結婚をするくらいなら、人妻とロマンチックな会話を楽しみ、満たされない女性を癒《いや》すことで僕も癒されるので、よけいなお世話ですね」

　アンリエットは、この青年の愚かさにうんざりしたが、公爵の妻として、言っておかなくてはと思った。

「何がロマンチック？　シルヴァンはやさしすぎて、あなたの叱り方がわからないようだからわたしが言ってあげるけれど、そんなの無責任な恋愛ごっこをしているだけよ。あなたは癒されて面白いでしょうが、公爵の血筋だから冷たくあしらえずにいるだけで、相手だっていい迷惑だわ」

　すると、マルクの顔がさっと赤くなった。

　いつの間に集まってきたのか、入り口の扉が少し開き、使用人たちが覗き見していた。

「へえ、それがサブロンの流儀？　そんなふうに男を言い負かすことが貴婦人のたしなみか。……みんな聞いたかい？」

マルクは彼らのほうに向き直って大声を張り上げた。

「この奥方は、おまえたちに全く興味はないそうだ。あるのは、叔父さんの財産だけ！」

こんな悪意に満ちた人間に、何を言っても通じないだろう。

アンリエットは冷えた目で、マルク・ジュアンを一瞥すると、自室へと歩いた。

第六章

夜になって、アンリエットは、公務に出かけていたシルヴァンを出迎えた。

彼が新妻を軽く抱きしめてその額にキスをしたまではいつもどおりだったが、ひどく疲れた顔をしていた。

「どうしたの、顔色が悪いわ。何かあったの？」

「いや……、なんでもない。それより、マルクを見なかったか？」

「さっき屋根付き回廊のところにいたのを見たわ」

正確には、見たどころか、彼とそこで言い争いになったことは使用人たちも知っている。シルヴァンは、強ばった表情を少し緩ませて言った。

「本当か？　いつ……？」

「ええと、そう、日が暮れる少し前です」

「今はどこに？」

「どうしたんですか、叔父さん。僕はここにいますよ」

玄関ホールでのやりとりを聞きつけたのか、ジレと白シャツ、乗馬パンツでくつろいだ姿のマルク本人がホールの階段の上から声をかけた。

甥を見上げた時、シルヴァンは心から嬉しそうだった。

「今日はずっとこの館《やかた》にいたのかい、マルク？」

マルクは何を思ったのか、しょげた様子で階段を下りてきた。

「ええ。……そうです。叔父さんの留守の間に、叔母上と言い争いになりましたけど、もしやそれを叱っておいでですか？　もしそうなら……、さっき叔母上に心ないことを言ったのは謝ります、叔父さん」

「そうなのかい？　アンリエット」

彼が執拗《しつよう》にマルクのことを尋ねたのは、妻と甥の不和について、使用人から聞いたからだろうと思い、アンリエットはこう答えた。

「ええ。でも気にしてないわ。使用人たちは驚いたかもしれないけれど」

「使用人も見ていたというんだな？」

「ええ。ふたりきりにはなっていません」

まさかとは思うが、不貞を疑われないように彼女が念を押すと、シルヴァンは満足げに頷いて、軽く手を挙げてマルクに言った。

「いや、気にしないでくれ。マルクも部屋に戻っていい……さあ、着替えるとするか」

この時に、ようやく夫の表情がいつもどおりに柔らかくなったのを、アンリエットは不思議な気持ちで見つめた。

寝室で夫が上着を脱ぐのを手伝っていた時、アンリエットはシャツに赤い染みがついていることに気がついた。

「シルヴァン！　血が出てる……」

よく見れば、コートにも鋭く切れた痕があり、シャツの袖をまくると、彼の左の下腕に、数センチの切り傷があった。

「どうしたの、これ？」

「ああ、これは、突き出た鉄看板でやってしまったんだ」

「まあ、そそっかしいのね……。あなたは前にも袖を薔薇の棘《とげ》に引っかけていたわね」

「全くだ。だが心配はいらない、貴女以外の女性をかばったわけじゃないからね、断じて」

シルヴァンは笑っていたが、アンリエットはふと胸騒ぎを覚えた。

その夜、床に入っても、シルヴァンは求めてこなかった。

毎夜、欠かさなかったからといって、新婚もひと月を過ぎたので、熱情が冷めてくることもあるだろう。

そう思いながら、彼女は夫に寄り添って目を閉じた。

「ああ、……アンリエット……」

彼は衣擦れの音を立てて寝返りを打った。

「眠れないのかい？」

「起こしちゃってごめんなさい。こうして、あなたの側にいたかっただけ」

「可愛い妻だ」

彼は低い声で笑って、アンリエットを引き寄せようとしたが、その瞬間、呻《うめ》き声《ごえ》を上げて、まるで火傷《やけど》でもしたかのような勢いで手を引っ込めた。

「どうしたの？」

「すまない、貴女を抱きしめたいが、今は、ちょっと腕が痛むんだ」

「さっきの傷ね。薬を塗ったほうがいいんじゃないかしら」

「大したことないよ」

その声が少し掠れていたのは、単に眠気のためなのだろうか。

やがて、シルヴァンは眠ってしまい、アンリエットの心は言いようのない不安に包まれた。

昨日まで、燃えさかるほどの激しい愛の交歓をしていたのに、突然凪《な》いだ海のように静かな夜を過ごすというのは、よくあることなのだろうか。

こんな小さなことで不安になるなら、男女の秘めごとについても結婚前にクリステルにもっと教えてもらうべきだったと思う。

――きっと、普通なのよ。これが。

そうでないのなら、彼に何か異変があったということだ。

確かに、さっきの痛がりようはちょっとおかしかった。深い傷でもなく、放っておいてもすぐにふさがりそうな、真っ直ぐな傷だったのに。

――でも、飛び出た看板でって……。

そもそも、街路の商店の看板は、遠くからでもよく見えるように、建物の高い位置に取り付けられている。シルヴァンがいくら長身とはいえ、腕を高く上げでもしない限り、引っ掛けることなどないのではないだろうか。

そして、看板の鉄板のせいでできた傷にしては、切り口があまりにも鋭いのが奇妙だ。

アンリエットはそっと呼びかけた。

「シルヴァン……？」

しかし、返事はない。

「ねえ、大丈夫なの？」

耳を澄ませると、彼の寝息が聞こえたが、それは少し乱れて、速い間隔で吐き出されているような気がした。

苦しそうに喘いでいるのだとわかり、アンリエットは飛び起きた。

「シルヴァン……！」

彼女は急いでサイドテーブルのランプを灯し、夫の枕元にかざした。シルヴァンは目を閉じていたが、額にびっしょり汗をかいていて、ランプの光がまぶしいのか、微かに顔をしかめた。

「ひどい汗……！　誰か、誰か来て！」

使用人を呼ぶベルを鳴らしたが、こんな夜更けに誰もいない。

アンリエットは裸足《はだし》に部屋履きのスリッパを引っ掛けて、夜着にガウンを羽織っただけの姿で寝室を飛び出した。

なりふりかまわず使用人の部屋と思われるドアを乱暴に叩いた後、何をどう話したか、アンリエットは覚えていない。

公爵家は騒然となり、寝室に人が忙しく出入りし、医師が到着した時は、明け方だっただろうか。

「傷のせいで発熱したのでしょう。熱冷ましですぐによくなりますよ。消毒をしておきましたから、しばらく様子を見てください。もしも傷が腫れてきたら、ヘンルーダの葉を揉んで傷口に当ててください、痛みが和らぎます」

その見立てにひと安心すると、アンリエットは今更ながら、取り乱したことが恥ずかしくなった。

「どうか、奥様、お気を楽になさってください。私はこれからスミソネールに参らねばなりません。四日ほど留守にしますが、戻る頃には痛みも腫れも引いていると思います」

「そうですか。ありがとうございました」

こうして医師を見送った後、アンリエットはシルヴァンの枕元で腰が抜けそうになってしまった。

「アンリエット……心配をかけたんだね」

医者の処方が効いたのか、日が昇る頃にはシルヴァンはベッドに上半身を起こし、彼女を気遣って声をかけてくれた。

「そうよ。だって、妻なのだから当然でしょう？」

照れ隠しにツンとすました言い方で答えながらも、アンリエットの目は安堵から潤んでいた。

「こんなかすり傷で大げさだな」

と、彼は笑ったが、その笑みは硬かったようにみえた。そもそも、ただのひっかき傷であれば、寝付くようなことはないはずだ。

「貴女がそんなに心配性だとは知らなかったな」

片時も夫の側を離れず、枕元に椅子を引き寄せ、食欲のないシルヴァンに消化のいい粥《かゆ》やスープを飲ませて過ごすアンリエットに、彼は意外な顔をしてそう言う。

「どんな女だと思っていたの？」

「しっかりした自分の意志を持っていて、物怖《ものお》じせず、強くて――」

ベッドから半身を起こしていたシルヴァンの言葉を遮り、アンリエットは続けた。

「知ってるわ。そして、がさつでお転婆娘なんですって。父も言いました」

「いや、まだあるよ」

他にどんな欠点があるかと呆れていたアンリエットに微笑んで、彼は付け加えた。

「正義感が強く、やさしくて、美人で可愛らしい奥さんだよ」

不意打ちの甘い言葉に驚いて、アンリエットは彼を見つめたまま返事をするのも忘れていた。

顔が熱くなって、胸が高鳴る。

病床のシルヴァンは、少し面やつれしていたが、それがより顔の輪郭を鋭くし、精悍さを増していたように思えた。健やかな時も病める時も……と、結婚の儀で司祭が言っていたけれど、アンリエットにとっては実際、こんなふうに体調を崩している夫も、たまらなく愛しいのだ。

ぼんやりと夫の顔に見惚れている彼女に、シルヴァンは「どうしたんだい」という顔をして、さらに言った。

「おいで。キスをしてくれないか？」

「あっ……あなたは、こんな時に何を言っているの？」

半分呆れた声で彼を非難しつつも、アンリエットはそっとベッドの端に両手をつき、身を乗り出すと、シルヴァンの唇にキスをした。

ゆっくりと重ねた唇、新妻の後ろ髪をそっと撫でる手、ふたりきりの、静かな時間。

誰にも邪魔されず、穏やかな愛情に包まれているとアンリエットは感じていた。彼の亡き恋人の存在は、今では日に一度、思い出すか思い出さないかというくらいに、アンリエットの中では薄れてしまっていた。シルヴァンの中ではどうなのか知らないが。

――シルヴァン、愛しているから……、早く元気になって。

彼女は口づけを交わしながら、心の中でそう願っていた。

しかし、翌日午後にはまた熱が上がり、シルヴァンは体を起こしていられなくなった。辛そうに目を閉じ、時にはうわごとさえ言うようになった。

「もう一度、医者を――」

アンリエットは執事に命じようと思ったが、医者はあの後、遠方に出かけて四日間戻らないと言っていた。

「念のためにスミソネールへ誰か遣いを出してください。念のためだけれど……」

「かしこまりました、奥様」

「お医者様はヘンルーダをと言ったわ。ヘンルーダの葉っぱも用意して」

すると、執事はまもなくその薬草を持ってきた。

「ですが、かぶれますので、お気をつけください」

そう言われたが、アンリエットは自分の手で草を揉み絞った。

彼女の白く華奢な手はたちどころにかぶれて赤くなってしまったが、彼女は気にしなかった。こんなものくらいで、シルヴァンの傷がよくなるなら安いものだ。

アンリエットがそっと調べたところ、医師の見立てに反して傷口は青黒く腫れて熱をもっており、悪化しているとしか思えなかった。

彼女は傷に響かないよう、慎重に薬液を塗ったのだが、それでもシルヴァンは顔に苦悶《くもん》を浮かべた。

思ったほどの効果が見られないばかりか、傷を触られるのは彼にとって相当な苦痛をもたらすようで、薬液を塗るわずかの刺激でも、彼の全身が強ばるほどだ。

「アンリエット、それはあまり効いていないような気がする。もうやめよう」

「ごめんなさい、お医者様の言うとおりにしたのよ……。別の方法を考えましょう。でも、おかしいわ。……いったい、何が起こっているのかしら？　ねえ、この傷って……」

「案外傷が原因ではなく、疲労か風邪のような気もする。休めば治るさ。私は大丈夫だから、ひとりにして静かに眠らせてくれないか？」

シルヴァンが懇願するように言うのを聞き、アンリエットは愕然《がくぜん》とした。

自分のしていることが、かえって夫を煩わせていたのかと思うと、彼女は悄然《しょうぜん》と寝室を出た。

＊　＊　＊

「う……っ」

額から汗が滴り、目にしみる。

ひとりになると、シルヴァンはうつ伏せになり、右手で枕を掴んで歯を食いしばった。

なんでもないかすり傷と思っていたのに、どうしてこれほど体が怠《だる》いのか、そして傷の痛み方が尋常でないのか、シルヴァンにはわからなかった。

二日前、シルヴァンは妻には公務と言って、『外人傭兵の宿舎《ドム・ドゥ・メルスネール》』と呼ばれる異国人の娼館へと出かけた。

そこで負った小さなかすり傷が、彼の命を危機に陥れるものだったとは、まだ思ってもいなかったが、傷の痛みはすさまじかった。アンリエットの前では呻き声も立てないようにこらえたが、ひとりになると、のたうち回りたいほどの激痛に、汗をびっしょりかいて耐えている。

シルヴァンの心に焦りが浮かんだ。

体の中で、ただごとではないことが起こっている。

このまま自分に何かあったら、あの愛しい若妻はどうなるのだろう。

かけがえのない、愛する妻を遺《のこ》して逝くことになったら……。

初夜明けの朝、彼女は「赤ちゃん、できたかしら」と呟いていた。

今思えば、アンリエットは実家から一日も早く子どもを授かり、妻としての地位を盤石なものにするようにと言いつけられていたのではないだろうか。

シルヴァンは体が丈夫で、これまで大病などしたことがなかったので、自分の死というものは、遠い未来のこととしか思っていなかった。

この国では、女性は夫の財産を相続することはできず、息子がいなかった場合は夫の最年長の男性親族に譲られることになる。

そのため、女性が寡婦になった場合に最低限の暮らしをできる程度の財産を、婚約中の男性から女性に贈るならわしがあった。

ラトゥール家とドゥプレ家の婚約中においても、その取り決めは行われ、ドゥプレ家が娘に持たせた持参金以上の財産を嫁資《かし》として贈るという誓約書を取り交わした。

しかし、今、自分に万一のことがあった場合、彼女の立場はあまりにも危うい。年が離れているのだから、尚《なお》のこと、もっと早く安心させてやるべきだった。

シルヴァンは、意識が薄れそうなほどの強烈な痛みと闘いながら、アンリエットのために奮い立った。

＊　＊　＊

――おかしい。絶対に変だわ。

アンリエットは寝室を出て、執事を探した。

呼び鈴で彼を来させなかったのは、シルヴァンに聞かれたくなかったからだ。折良く、階段を下りる時に執事を見つけた。

「ちょうどよかった。聞きたいことがあるの」

「お急ぎでしょうか。今、私は旦那様に呼ばれてお部屋に参る途中でございます。お医者様のことでしたら、遣いを寄越《よこ》したところですが、早駆けで行っても、まだあと三、四日は……」

五十がらみの執事は申し訳なさそうに言った。

「知っているわ。そうじゃなくて、あの日、シルヴァンはどこへ出かけたのか教えてほしいの。ねえ、何があったの？」

「それは……公証人の家に出かけるとおっしゃっていましたが、その他に、どこにお立ち寄りになったかは存じません」

「シルヴァンはうっかり鉄看板に引っ掛けたと言っているけど、違うような気がするの。だから、わたしはどこで、どうしてついた傷なのか知りたいの」

執事は鎮痛な面持ちをして、アンリエットを見た。その顔に深く刻まれた皺《しわ》には、明らかに動揺の色があり、彼は全ては知っていなくとも、何か心当たりがあるに違いないという気がした。しかし、執事は頑として教えてくれない。

「私は公証人のことしか存じません。旦那様にお尋ねくだされればよろしいのでは」

「彼は教えてくれないし、苦しんで寝ているわ。あなたは主人の怪我が心配じゃないの？」

「医者は大丈夫だと言っておりましたから、奥様もどうかご安心ください」

「治療が間違っている気がするのよ」

「そんなことをおっしゃってはいけません、奥様」

「そう」

アンリエットは、公爵家の家人たちが心から憎いと思った。彼らがこの愛想のない公爵夫人を嫌っているのは理解できる。しかし、夫の異変を間近で見ているのはこのわたしだ、と叫びたかった。

「じゃあ、御者をここに呼びなさい、今すぐに」

「奥様、いったい何を？」

「来ないなら暇《ひま》を出すと言って」

アンリエットの決然とした物言いにたじろいだのか、執事は近くにいたフットマンに耳打ちをした。

「わかりました。すぐに呼びますので奥様はこちらでお待ちください。私は旦那様に呼ばれておりますので、失礼します」

しばらくすると、御者がお仕着せの服を着てサロンに現れた。

なぜか、他の使用人も何人かがサロンの控えの間にやってきて、仕事をしているふりをしていた。アンリエットが何をしでかすかと見物にやってきたに違いない。

アンリエットは、若い御者に言った。

「二日前にシルヴァンがなんの用事で、どこに出かけたか知っているはずよね、話しなさい。執事は知らないと言っています。シルヴァンがどうして怪我をしたのか、教えて。どんな小さなことでもかまわないわ」

「で、ですが……、旦那様に、そのう、口止めをされています」

「言わないと暇を出すと言っても？」

「わ、……私は旦那様に雇われておりますから、旦那様がいいとおっしゃらなければ言えません」

相手はなかなかの強者だ。やはりこの屋敷の家人たちはみな、アンリエットに従うつもりなどないのだろう。

「執事様が知らないとおっしゃるのであれば、私たちが知りようもございません、奥様」

そこにやってきたマルクがからかうような口調で言うと、メイドたちは無言で目を合わせた。

彼女たちは、主人の病状を知らないで、ただ、若い公爵夫人が癇癪《かんしゃく》を起こして八つ当たりしていると思っているに違いない。

「わたしに言いたくないのならいいわ。でも、もしシルヴァンの怪我が、誰かに襲われてできたものなら、その相手がどういう人間かによって、命の危険は医者の予想を超えることもあるのよ。たとえば毒を塗った刃物だったら？　傷は小さくても致命的な毒が体内に入ってしまったら、悠長なことを言っていられないの。愚かな家人《かじん》でも理解してくれることを祈るしかないわ」

するとマルクが言った。

「さんざんな言いようですね、叔母上。そんなふうだから、誰も貴女の命令なんか聞かないんだってわからないのかな。むしろ叔母上ご自身の胸に手を当ててご覧になってはいかがですか？」

「マルク様」

と、執事が遮るように言った。彼はシルヴァンのベッドまで行き、何かしらの言いつけを聞き届けて下りてきたのだった。先刻、医者はまだ三、四日戻らないと言っていた時とは随分顔つきが変わって、うなだれたように見えるのは、シルヴァンの病状の深刻さを思い知ったからだろう。

「マルク様、それはおっしゃってはならぬことでございます」

「おまえはどっちの味方なんだ？」

マルクが呆れたように言った。

「言っておくが僕はこの叔母上を全く信用していないからな。叔父上をたぶらかし、財産目当てに公爵家に入り込んだ暗殺者ぐらいに思っている。なんなら、今すぐに叔母上の鍵付きの引き出しをあらためるがいい」

「なんですって？　わたしが刺客だとでもいうの……？」

「あるいは死神」

この、公爵の甥による恐ろしい言葉には、アンリエットでなくても誰もが絶句したが、ただひとり、イジンカというメイドだけは驚いた様子もなく、ほんの一瞬だがその口元がほくそ笑んでいるように見えた。

それはすぐに消えて、アンリエット以外の誰も気づかなかったかもしれないが、どうしても見逃せない悪意を感じた。

アンリエットはマルクの腕を掴んだ。

「今のシルヴァンを見てもそんなことが言えるなら、わたしあなたの口をえぐってやるわ。それに、今笑ったおまえは、今日限り出ていきなさい」

その一言を告げた時、イジンカは静かに言った。

「私は笑ってなどおりませんし、私も奥様ではなく旦那様のご命令しか聞けません」

「主人が指示を出せないほど弱っている場合には、当然妻が代理人として命じるわ。おまえはクビよ！」

アンリエットはメイドにそう言い渡すと、義理の甥を引っ立てるようにして寝室に連れていった。階段の下でイジンカの声が聞こえた。

「奥様は悪魔です！　奥様が治療を始めてから、旦那様はどんどんお悪くなってしまった。それに、私は見ました。奥様が引き出しに、慌てて何かの呪文を紙をしまうのを。あの鍵のついた引き出しにはサブロン語の呪文や毒薬が入っているに違いありません」

メイドの言う引き出しとは、寝室にある小卓の貴重品入れのことだろう。

あまりにばかばかしくて反論すらする気になれない。

「あなたもそう思っているなら、勝手に調べたらいいわ」と言って、アンリエットは引き出しの鍵を隠しポケットから取り出し、マルクに渡した。

それから、寝室に着くとアンリエットはベッドの垂れ幕をめくり、マルクをシルヴァンの枕元まで引き寄せた。

「さあ、シルヴァンをご覧なさい。これでも笑っていられる？」

マルクはベッドに横たわる叔父の姿を見た。シルヴァンは、ここ両日はほとんど何ものどを通らず、すっかりやつれてしまっていたし、顔色はひどく悪かった。誰も、たった二日でこの館の容態が急変したなど、理解できないのも無理はない。

「わたしをどう言おうがかまわないけれど、彼を助けようとするのを邪魔しないで」

呆然《ぼうぜん》としているマルクに厳しい声でそう言い放って寝室を出た時、

「奥様、御者が真実を打ち明けると言っております」

と執事が小声で言い、アンリエットを廊下に連れ出した。

彼の案内で裏庭の厩《うまや》への通路まで行くと、さっきの御者がいた。

「すみません。他の者たちには聞かれてはならないので、ここで」

「あなたは全て知っているのね?」

アンリエットは、藁にもすがる思いで尋ねた。

「はい。実は、あの日、旦那様は公証人に会った後、ドム・ドゥ・メルスネールに行くようにとおっしゃいました」

「ドム・ドゥ・メルスネール?」

聞いたことのない言葉にアンリエットが首をひねると、御者は口ごもった。

「ええと、……それは、つまり……、異国の女が身を売っている娼館の異名です」

「えっ」

――娼館……!

それでは夫が秘密にするのもわからないでもないが、アンリエットには、彼が遊興に浸るような想像ができない。

「……どうしてシルヴァンがそんな場所に……？」

「あっ、いいえ、誤解なさらんでください。マルク様がドム・ドゥ・メルスネールで厄介ごとに巻き込まれたという噂が耳に入ったからです。マルク様を守るためです」

御者の説明が本当かどうかはさておき、アンリエットは違和感を覚えて問い返した。

「でも、あの日はマルクさんは家にいたでしょう？」

「そのようですね。昼にいっとき姿を見なかったので、旦那様はマルク様が娼館へ出かけられたと思われたのです」

「それは、彼の勘違いだったわけね。わたしはマルクさんが午後には邸にいたのを見ていますし、話もしたのだから。……それで、シルヴァンはどうしたの？」

「はい。居酒屋で二時間ほど待っていると、通りを赤毛の男が歩いて行くのが見えました。旦那様は、『マルク』と呼びかけられましたが、男は立ち止まりませんでした。それを追って、旦那様も複雑な小路に入っていらっしゃいました」

「それで？」

「私は旦那様のご命令で、少し距離をおいてついていったところ、赤毛の男が突然振り返りました。遠目に見ても、それはマルク様でないことは明らかで、人違いだったとようやくわかりました。その時、娼館を抜き打ちで摘発に来た憲兵と勘違いしたのでしょうか、異国人らしい男が突然飛び出してきて、旦那様に襲いかかってきたのです」

アンリエットは悲鳴を上げそうになるのをこらえた。落ち着かなくては、と自分に言い聞かせて、震える声で御者に尋ねた。

「その男は、刃物を持っていたの？」

本当は、その答えを聞くのも恐ろしかった。

御者は言った。

「そうです。旦那様はかすり傷だとおっしゃっていましたが、その時に構《かま》えた左手を切られたのです。申し訳ありません！　私がついていながら！」

執事が悔恨の呻き声を漏らし、御者は泣き崩れた。

真っ青になって石畳にひれ伏す御者をぼんやりと見下ろしながら、アンリエットは必死に考えた。その刃物に毒が塗ってあったのであれば、夫は今後どうなるのか。

カルミア本国の深窓の令嬢には持ち得ない知識が、アンリエットにはあった。サブロンでは、開戦の一年前から随分治安が悪くなっており、カルミア人の農場経営者が刺殺されたり、即死には至らなくとも、傷から入った毒に冒されて落命するという事件が頻発していたのだ。

もしも、シルヴァンを傷つけた刃物に毒が塗られていたとしたら――。

自分は何をすべきなのか、どうしたら夫を救えるのか。

「しっかりしなさい！　その男はどこの国の人間かわかる？　どんな服装をしていた？　肌の色は？　何か言葉を発していた？　なんでもいいから思い出して」

「顔は布で覆《おお》い隠されていてよく見えませんでしたが、頭には鍔《つば》のない帽子をかぶっていたような気がします」

「ほかには？　刃物の形はどんなだった？」

「お待ちください、……お待ちください」

御者は両手で頭を抱えた。懸命に思い出そうとするように。

「刃物は小さく、このくらいで……、Jの字形に反っていました」

彼は手ぶりで大きさを示した。

「なんてことなの……！」

アンリエットの顔から血の気が失せた。カルミア人の使う、護身用ダガーであれば真っ直ぐな刃であることが多い。夫の腕を傷つけた湾刀は、サブロンでも使われていた。今、敵国となったかの国の人間がカルミア人を恨んで襲ったのかもしれない。

「奥様……！　旦那様は……、旦那様は」

執事も動転した声で言った。

「シルヴァンは、毒に冒されている可能性があるわ。でも、毒の種類がわからないことには……。医者をもっと早く呼び戻すことはできないの？」

「はい、遣いの者も、ようやくスミソネールに着いた頃でしょう。呼び戻そうにも、片道二日はかかってしまいます。申し訳ございません、このようなことになるとは思いもよりませんでした！」

事態を軽く見ていた執事には腹が立つが、今は彼を責めても仕方ない。

アンリエットは図書室に向かい、薄暗い中で、懸命に医術書や植物の書を探した。

そして、シルヴァンの症状から、蛇毒を疑った。それには大きく二つの種類があり、ヴィペリダエという蛇の毒の場合、症状はすぐに現れ、クロタリダエという蛇の場合はゆっくり現れるということだった。

――症状はすぐには出なかったから、シルヴァンは大したことのない傷だと思い違いをしたのだわ。この二つのどちらかなら、クロタリダエという蛇の毒ね。

しかし、治療法が見つからない。異国では山羊《やぎ》や牛の血から薬を作ると聞いたことがあるが、それには何ヶ月もかかる。即効性のある薬がどうしても必要だというのに見つからないということは、それほど治療が難しいということだろうか。

彼女は異国の文字で描かれた本も引っ張り出して見た。サブロン語の本に、それらしいものはなかったが、一冊だけ読めないながら、挿絵が気になる書物を見つけた。

さまざまな植物、動物の絵と異国の文章があるものの、図鑑のように系統立てて並んではいない。そのびっしりと書かれた異国の文字の間に、奇妙な挿絵がある。

木版画で単純化された描線で画面奥に崖、そして前景に一本の木が描かれ、その根元に男が横たわり、彼の足もとに数匹の蛇が描かれていたのだ。

次のページをめくると、さまざまな蛇と、植物の絵が交互に描かれていた。

――きっと治療薬について書いてあるんだわ。これが読めたなら……！

どこの言語かもわからないが、持ち主であるシルヴァンなら、読めるかもしれないと思い、その本を抱えて寝室へ行こうとした。

その時、メイド頭が訪問客を案内した。本来は、執事を通すべきだが、館の誰もがよく知っている人物だったのでここまで連れてきたらしい。

「奥様、覚えておいででしょうか。聖アペンヌ教会のショントローです」

そう名乗ったのは、シルヴァンとアンリエットの結婚の儀を執り行った司祭だった。

「覚えています。何のご用ですか？」

愛想もなく硬い声で尋ねたのは、不吉な予感にうちひしがれていたからだ。

「そして、こちらが、公証人のグラシュウ氏です。私共は公爵閣下に呼ばれました。ある書類の公表について、立ち会いに参ったのです」

「……どういうこと？　なんの書類？」

「とにかく、旦那様とご面会を。これは旦那様のご命令なのです」

こう言うと、執事は司祭と公証人をシルヴァンのベッドまで案内した。

司祭は、付き添いの若い修道士に手伝わせて、儀式めいたことを始めた。

アンリエットは、図書室から運んできた異国の書物をテーブルに置くと、彼らのすることを見ていた。サブロンで子どもが熱を出した時に、乳母がまじないの歌を歌うのを思い出した。

司祭がやっているのは、シルヴァンが快癒するようにという祈願なのかもしれないが、そんなものが何の役に立つのだろうか。

香が焚かれ、寝室に煙が立ち上り、日曜のミサのような文言を述べた後、司祭はシルヴァンの枕元に顔を近づけて言った。

「ラ・トゥール殿」

すると、病床のシルヴァンは、うっすらと目を開けた。

「ああ、いらしたの……ですね」

彼はかすれた声でそう言ってから、アンリエット、と小さな声で呼んだ。

「わたしはここにいるわ、シルヴァン。あなたが目覚めたら聞きたいことがあったの。待って、この本……これが読める？」

シルヴァンによく見えるように、アンリエットは異国の書物の表紙を向けたが、彼は力無く首を振ったかと思うと、掠れた声で言った。

「あの引き出しを……開けて、くれないか。鍵は、枕の下にある」

夫の力ない声に、胸がつぶれそうな思いをこらえてアンリエットは頷いた。そして、シルヴァンの枕の下を探り、小さな鍵を見つけた。これは、小卓の中段に二つ並んだ、大切なものを入れるための引き出しの揃いの鍵で、シルヴァンは右、アンリエットは左をあてがわれていた。

彼女は用心深く鍵を射《さ》し込み、引き出しを開けると、その中に印爾《いんじ》の指輪と折りたたまれた紙が入っていたが、さらにその下に奇妙なものを見つけた。羊皮紙に包まれた細長いもので、そっと取り出すと、褐色の長い髪の束だった。

――これは何かしら……。

細くてしなやかな長い髪は、女性のものと思われる。そして、遺品のようでもあるのだ。

――もしかしたら、あの人の……？　シルヴァンはこれをほしがっているの？

アンリエットが呆然とそれを見つめていると、執事が静かに歩み寄って言った。

「奥様、それではございません。こちらの文書ではないかと――」

「え……?」

「旦那様にお渡ししてよろしいですか?」

「え、ええ……」

執事は引き出しから封筒を取り出し、司祭とシルヴァンの目の前に掲げた。

アンリエットは不思議な気持ちで彼らを眺めていた。自分にとっては、今手にしている遺髪ほど大きな意味をもつものはないと思えるのに、執事たちはもっと薄っぺらな紙を、さも重要そうに扱っている。

結局、アンリエットはサリー・マルゴの遺品らしいその髪を引き出しに納め、夫の枕元に戻った。そしてふと顔を上げると、司祭と執事、それと一緒に入ってきたマルクが揃ってこちらを見ていた。

「……何ですか?」

アンリエットの頭の中は、サリー・マルゴのことでいっぱいだった。結婚してからこれまで、シルヴァンはしたたかに妻を騙しとおしてきた。アンリエットが舞踏会で偶然聞いて知ったのでなかったら、みじんも疑わなかったに違いない。

しかし、マルクの悲痛な声に、彼女は衝撃を受けることになる。

「これは……遺言書だ。叔父さんが書いたんですね。病床で、苦しい息の下で」

アンリエットは恐ろしい言葉に顔を引きつらせて夫を見たが、彼は甥の悲しげな問いかけに、静かに頷いた。

「ですが、まだ署名がすんでおりません。ラトゥール殿は、私共に証人になるよう、待ってくださったのでしょう」

「……やめて！　冗談じゃないわ」

「アンリ……エット」

それは、子どもをたしなめるような、やさしさの中に強い意志を込めたシルヴァンの声音だった。

「奥様ご自身のためでもあります、公爵閣下のご希望どおりになさってください」

「嫌よ……！　遺言なんて嫌」

アンリエットは夫の手を握りしめて、懇願するように言った。駄々《だだ》をこねるように、ひたすらに拒む新妻を、悲しそうに見つめて、シルヴァンは彼女の手を握り返したが、それはひどく弱々しい。

するとと、司祭はこの事態を収拾しようと考えたあげく、こんなことを言い出した。

「マダム、どうやらこれは公爵がお元気な時に書かれたものに違いありませんよ、貴女のために。娶ったばかりで不安が多いであろう新妻の暮らしを保証し、安心してこれからも夫に尽くすことができるように書かれた、ただそれだけのことです。念のために内容を確認します。私が代わりに読みましょう、ラ・トゥール殿。よろしいですか？」

そして、シルヴァンが頷いた。アンリエットには、気休めやごまかしとしか思えなかったが、シルヴァンの強い希望だということだけはわかった。

遺言の冒頭が読み上げられる。

「私、シルヴァン・ラトゥールは、自分の死後、妻であるアンリエットの後見人を義兄《ぎけい》のジュアン伯と定め、アンリエットに寡婦扶養料として、以下のものを遺贈する。

一、モワヌー、コルボー、ファザンにおける領土、山林、農場の全て

二、ラトゥール家の土地と邸

三、上記の所領から上がる財産

その他の資産については、以下のとおり、ジュアン伯に遺贈する。ジュアン伯はアンリエット・ラ・トゥールの後見人となり、必要に応じて彼女の相談に乗り適切な助言を与えること——

——」

その内容は、シルヴァンが所有している土地、邸、資産の半分をアンリエットに贈与し、残

りはジュアン伯、つまりマルクの父に遺贈するというものだった。むろん、それはアンリエットが持参金としてもってきた綿糸工場のもたらす利益など及ばない莫大《ばくだい》な遺産となる。シルヴァンは若くしてアンリエットが寡婦となってしまった場合を憂えてこんなものを用意したのだろう。

この朗読が終わった後、公証人が言った。

「私が証人となります。それでは、署名を……」

「いい加減にして……！」

アンリエットは叫んだ。

「シルヴァン、あなたはひどい人ね！」

これまでこらえていたものが、一気に噴出してしまい、彼女にはもう止められなかった。シルヴァンは、熱に潤んだ目でこちらを見た。

「こんなものを書いていい人ぶっても、あなたは大嘘《おおうそ》つきだって、わたしはわかっているんだから。……あなたには生涯愛している人がいて、それがわたしでないことくらい、とっくに知っていたわ。でも、ほんの少しの隙間でもいいから、わたしの場所をその心の中に作ってもらいたかった。その人の十分の一でも、百分の一でもよかったのよ！　……なのに、なのに、あなたはその人の後を追って死のうというの？　財産なんて、どうでもいいものだけ残して、心はくれないの？」

執事も司祭も、そしてマルクも驚いた目でアンリエットを凝視した。シルヴァンの窶《やつ》れた顔は、驚愕だけでなく、不可解という表情をあらわしていたが、彼女は本音をぶちまけたい気持ちしかなかった。

涙が自然に溢れて、頬から顎へと伝ってぽたぽたと零れた。

「……そんなの、お断りよ」

怒りをぶつけるように宙を睨みながら、彼女はそう吐き捨てると、司祭に手を伸ばした。彼は、今読み上げたばかりの遺言書を公爵夫人にそっと手渡した。

「こんなもの、要らないのよ」

アンリエットはそれを、突然、暖炉の火にくべた。

「あっ」

「奥様！　なんということを」

三人の男たちがそれぞれに叫んで、暖炉へとかけつけたが、遺言書は炎に呑み込まれており、どうしようもなかった。

アンリエットは、それを見届けると、異国の本を抱きしめるようにして、ふらふらと歩き、寝室を出た。

「馬車を出して！　今すぐに」

彼女は中庭に行き、御者を見つけて命じた。

「奥様、こんな刻限にどちらまで？」

「いいから出して！　旦那様を助けたいなら言うことを聞いて」

使用人たちになんと言われようと、もうアンリエットは気にしなかった。このまま、シルヴァンを失うくらいなら、誰にどう思われようとどうでもいい。彼とともに、自分の世界は終わってしまうような気がした。

これから行く先に、どんな危険が待っていようと、彼のいない世界に生きることほど恐ろしくはないのだ。

「ですが、行き先をおっしゃってくださらないことには、馬車を出せません」

御者に問われて、アンリエットは、その青い大きな目で彼を見据えて言った。

「フォンドリーへ」

「へえっ？」

「……あなた、わたしが結婚する前、大市を回った時にも馬車を操っていたわね？　それなら場所を知っているでしょう？　さあ、あそこへ連れて行って」

御者は顔をひくひくさせながらもアンリエットの気迫に圧されて、とうとう承伏した。

「はい、わかりました、奥様」

「待て。僕も行く」

　御者を呼び止めたのは、マルクだった。

「叔父さんが心配してる。あのままでは心配しすぎて衰弱してしまうし、奥方に何かあれば、御者の首も飛ぶぞ。僕が責任を持とう。僕が命じる、それでいいだろう」

「は……はい、マルク様がそうおっしゃるなら、助かります」

　アンリエットの返事も聞かず、マルクは強引に馬車に乗り込んできた。

「貴女は知っているんでしょう？　叔父さんを助ける方法を知っているから、こんな無茶をするんですね？　だったら、僕も行って、貴女が無事帰るまで、見届ける」

　マルクの顔つきには、かつて常に含んでいた、アンリエットへの軽蔑や苛立ち、反感といった感情は見えなかった。

「勝手になさい」

　こうして、二人を乗せた馬車はフォンドリーへと向かった。

第七章

フォンドリーの鉄門は既に閉じられていた。

「あなたたちはそこで待っていて。男がいると騒ぎが大きくなるから」

こう言って、アンリエットひとりが馬車を下りて、フォンドリー入り口の鉄門に近づいた。

朝からちらついていた雪に覆われ、赤煉瓦《あかれんが》の壁の上に白い雪が積もっており、共同宿泊所にも似た異国人たちの家も鎧戸《よろいど》を下ろしており、人影もない。

鉄門越しに白い壁の聖堂が見えるが、到着したのはひと足遅かった。夕刻を過ぎた今、カルミア人が中に入ることも、異国の住人がフォンドリーから外へ出ることもできない。

アンリエットは、異国の書物を外套《がいとう》の下に抱え、鉄門を叩いて叫んだ。

「誰か、出てきて！　お願い！　誰かいないの？」

彼女の声は雪に吸い込まれて遠くへは届かなかったので、鉄扉をガタガタと揺さぶってみたが、反応はなかった。

アンリエットは馬車に戻り、御者に向かって言った。

「護身用の短剣を貸して」

「えっ、いったい何をなさるんですか？　奥様」

「人を殺《あや》めるわけじゃないわ。大きな音を出したいだけ。鞘《さや》だけでもいいから早く」

「は、はい……」

御者は、そう言うと、短剣を足もとの台から取り出し、鞘を抜いて、アンリエットの言葉どおり、鞘だけを寄越した。

彼女は鞘が金属でできているのを確かめると、再びフォンドリー入り口に駆け寄り、鉄扉を鞘で激しく叩いた。

けたたましく響き渡る騒音に、やがて、共同宿泊所の鎧戸が開くのが見える。

「お願いよ！　助けてほしいの」

休みなく叩き続け、叫んでいるうちに、ひとりの男が歩いてきた。

アンリエットは、相手がどこの国の者かは知らないが、サブロン語で訴えた。

「どうか、この本を読める人を探してほしいの」

男は無言で近づいてきたが、アンリエットの本などには目もくれず、彼女の目の前までやってきて、鉄の格子越しに太い腕を伸ばしてきた。

突然、アンリエットは肩を掴まれ、突き飛ばされた。

「あっ」

雪の上に倒れ込んだアンリエットは、落とした本を慌てて拾い上げた。

「帰れ！」と男はサブロン語で話した。

「お願いです、この文字……読めませんか？」

「知らない。サブロン語ではない」

「では、神官を呼んでください、どうか……」

「帰れ！　おまえたちは敵だ」

言い合いをしているうちに、他の家からも住人たちが出てきて集まってきた。

「この文字を読める人はいませんか？」

アンリエットが彼らに書物を掲げて見せようとしたが、突然鉄格子に何かがぶつかり、アンリエットの手まで衝撃がきた。後からやってきた者が煉瓦《れんが》を投げたのだ。

幸い、煉瓦は威嚇のため、離れた位置に当たって雪の上に落ちたが、鉄格子を握りしめていたアンリエットの手が痺れるほどだった。

「叔母上、危ない！」

馬車からこの様子を見て、不穏な気配を察知したのか、マルクが下りてきた。

「何をしているんですか!」

「カルミア人だ!」

「何をしにきた!」

マルクが加わったことで、彼らの警戒心はさらに増して、後から来た者たちは手に鎌や棍棒《こんぼう》を持っていた。ある者は威嚇して、手にしている棍棒で鉄格子を叩き、ある者は武器を振り上げた。

「逃げましょう。こんなところにいては危ないです、叔母上」

「離して」

マルクが促すのを拒絶して、アンリエットは再び鉄格子の向こうに集まった人々と対峙した。

「お願い、もうここにしか望みがないの。夫を助けて!」

「黙れ!」

「帰れ!」

目の前で罵声を上げるこの異国人たちには期待していないが、騒ぎが大きくなれば聖職者が気づくだろうと思った時、彼女の臑《すね》に衝撃があり、激痛に呻いて崩れおちた。

鉄格子越しに蹴られたのだ。

「叔母上! だから早く……!」

アンリエットは膝から崩れたまま、鉄格子を掴んで叫んだ。

「お願いよ……！　シルヴァンはわたしの全てなの」

うずくまるアンリエットの頭上から罵声が下りてきて、固められた雪玉がいくつも投げつけられた後、やがて寒さに耐えかねたか、カルミア人をいたぶるのに飽きたのか、異国の人々は次々に立ち去った。

「もうわかったでしょう。叔母上。さあ、帰りますよ」

マルクがアンリエットの頭巾や外套にかかった雪を振り落としながら言った。

「怪我はありませんか？　立ってください。叔父さんの元に貴女をちゃんと送り届けるのが僕の役目です」

「彼を救えないなら、ここで凍え死んだほうがましよ」

「叔母上はそんなに……？　しかし、もう誰もいません」

マルクがそう言って、諭した時、突然、子どもの声が聞こえた。

「ママ……」

はっとして顔を上げると、聖堂のほうから、背の高い男と、小さな子どもがやってくるのが見えた。

あの子どもだ。大市で鞭打たれていた少女が気づいてくれた……！

アンリエットは立ち上がった。蹴られた足は痛んだし、ドレスの裾も雪と泥でひどく汚れていたが、最後の頼みの綱を見た気がした。

結婚前のことなので、大市の一件からもう五ヶ月近く経つ。懐かしい少女も、最後に見た時よりも背が伸びて、ふっくらとしてきたように見える。彼女もアンリエットのことを覚えていたようで、黒い目を輝かせて言った。

「マァマ」

「お嬢さん、いったいなんの騒ぎですか？　カルミアの人ですか」

背の高い男は異国の聖職者らしい法衣《ほうえ》を着ていた。

「あなたはサブロンの神官さんですか？」

アンリエットがサブロン語で尋ねると、彼の声音が少し明るくなった。

「おや……、もしや、あなたはビエラをお助けくださったご婦人ですか？」

「この子はビエラというのですか？　ええ、そうです。わたしは、あの時一緒にいた公爵の妻になりましたの」

「これはこれは……。しかし、公爵夫人といえど、こんな夜にフォンドリーにお出《い》でになってはいけませんし、お入れすることはできません」

「わかっています。この書物を読める人を探しているのです」

「どれですか？」

雪明かりを頼りに、彼女は異国の書物を見せた。

「夫がドム・ドゥ・メルスネールで怪我を負いました。刃物による小さな傷でしたが、毒に冒されたようで、今はほとんど起きられません。どうかお助けください」

「なんと……」

「クロタリダエという蛇の毒にやられたんじゃないかと思うんです。でも、治療法がわからなくて――」

神官は格子越しに書物を受け取り、ぱらぱらとめくってみた。

「あなたなら、読めますか？」

アンリエットが問うと、神官は首を横に振ったが、件《くだん》の箇所に目を留めると言った。

「しかし、これはおそらく、シュテファニアの花と実だと思います」

「シュテファニア？」

「蛇毒そのものに対する解毒作用はありませんが、サブロンでは、蛇毒によって衰弱した時にこの植物から抽出した薬液を飲ませることがあります。この挿絵から見て、書かれているのは、そういう内容だと思います」

「本当ですか？」

「はい。ご主人が負傷したのはいつですか？」

「二日前です」

「その時に、患部から血を抜いておけばよかったのですが」

「いいえ、夫はかすり傷だと思って放置してしまったのです」

神官は無念そうにため息をついた。

「では、もう全身に毒が回っていますから、大量のシュテファニアを使わないと間に合わないかもしれません」

「どこに、どこにあるのですか？　その草は」

「さあ、そこまではわかりません。薬草園になら希《まれ》に植えているかもしれませんが、この季節では難しいでしょうね」

アンリエットは、今ほど冬という季節が恨めしいと思ったことはない。時間さえ許せば、この世の果てまでだって探しに行きたい。

「クロタリダエの毒であれば、死に至るまでの日にちは、他に比べて少しは長いでしょう。どうか間に合いますように」

神官はサブロンの祈りを唱えた。

「ありがとうございます。薬種商を当たってみます」

「ママ」

　少女がアンリエットを見上げてもう一度言った。

「実は、貴女の声を聞きつけて知らせたのは、このビエラなのですよ。私はビエラを養女にしたので、貴女は娘の命の恩人になるわけです。公爵のご快癒《かいゆ》を祈願いたします」

「ありがとう。ビエラ……あなたのおかげなのね」

　アンリエットは少女の手を握りしめて言った。

「幸せに暮らすのよ」

　こうして少女に別れを告げ、アンリエットはようやく馬車に戻った。しかし、何軒か薬種省を回ったものの、その薬草を見つけることはできなかった。

＊　＊　＊

　公爵亭に着いた時、アンリエットは疲弊して見る影もないありさまだった。

「奥様……、いったいそのお姿は？」

　迎え出た執事が仰天した。

　雪玉を投げつけられたアンリエットは外套も濡れていたし、ドレスも泥だらけだったばかりでなく、顔色も青ざめ、悲嘆にくれた顔をしていた。

「理由は後で話す。早く叔母上を温めて、着替えを」

マルクがそう言って、年かさのメイドに命じたが、アンリエットはふらふらとサロンの階段を上がると、ずっと避けていた肖像画の前まで痛む足を引きずって歩いた。

絶望にうちひしがれた今、なぜ、そこへ行こうと思ったのか、自分でもよくわからなかったが、アンリエットは、サリー・マルゴと描かれた、騎馬の婦人像の前までようやくたどりつくと、その前に座り込んだ。

夜もかなり更けていたが、サロンの天井近くに輝くシャンデリアの光で、中二階に掛けられたその絵はほんのりと浮かび上がって見える。背景には、シルヴァンと戯れた離宮の小屋や古い厩《うまや》、二人で眺めた池が描かれていた。

彼が、春になったら見せてやりたいと言っていた、池の面に広がる睡蓮の葉っぱや花が美しく、池の周辺には鮮やかな草花が咲いている。

「きれいな場所……」

白い壁に尖った藁葺き屋根の小屋は絵になるモチーフだったが、新婚の夫婦である、自分たちのための隠れ家だと思っていたアンリエットは、それが思い違いだったと今さら気づいた。

サリー・マルゴはきっと、もっと前からそこにいたのだ。そして、彼と戯れ、愛し合い、こんなふうにやさしい目で見つめ合っていたのだ。

シルヴァンを好きになったのは自分だけで、彼はずっとこの女性を想い続けていたのだろう。遺髪を大切な引き出しにしまっておくほどに。

アンリエットは途方もない無力感に襲われて、ぼんやりとその絵を眺めた。


危険を冒してまでフォンドリーに行き、異国の書物に書かれていた処方がわかった喜びも束の間、シュテファニアという植物を手に入れられなかった。

薬草園にあったとしても、雪に覆われた今、どうやって探したらいいのだろう。

もう自分には、何もできることはないのか。

馬上からこちらを見つめている婦人は、飾り気のないブラウスに乗馬ズボンをはいており、髪は緩く束ねているだけだ。おそらく、貧しい家の娘に違いない。シルヴァンとは身分が合わずに結婚まで至らなかったのだろう。

皮肉なほどに明るくやさしい瞳を投げかけて、彼女は何を言おうとしているのだろうか。

アンリエットは呟いた。

「……あなたの勝ちね？　シルヴァンを連れていってしまうというわけね」

涙を湛《たた》えた目でその女性を見つめ、アンリエットは敗北を認めた。辛くて決して見られなかった恋敵を凝視したが、やはり彼女の目はやさしく魅力的で、その茶褐色の虹彩には陽光が写り込み、きらきらと輝いていた。

血色がよく健康そうな肌、聖母のような笑顔。自分にないものばかりだと思う。

「わたしがここに来たから、貴女は怒ってシルヴァンを連れていってしまうの？」

肖像画の表情からはとても考えられないことだったが、アンリエットはふと思った。自分が、彼の心の隙間を欲したからいけなかったのだろうか。

「お願い。彼を連れていかないで。わたしが身を引くから——」

そう呟いて、騎馬の女性に懇願した時、突然、アンリエットの目に赤い色が飛び込んできた。サリー・マルゴと思われる女性の背景に、点々と散らされた赤い絵の具だ。

——これは何？

彼女は目を凝らしてその絵を観察した。どうやらそれは、何かの植物が赤い実をつけているらしい。木ではなく、蔓植物《つるしょくぶつ》のようにも見える。

「花は？」

舐めるようにその絵を凝視して、アンリエットは白い花を見つけた。

「これは……！」

彼女は、異国の書物の挿絵とサリー・マルゴの背景に見える植物を見比べ、微かな希望を見つけた。

「あの庭に……、あの庭に咲いていたの……？」

見間違いかもしれないし、絵に描かれた植物がシュテファニアだとしても、今はもう雪で凍《い》てついて枯れてしまっているかもしれない。

「でも、他に方法はないわ」

そう決めると、アンリエットはカーテンを開け、裏庭を見た。

シルヴァンと一緒に散歩し、やさしく抱きしめられた思い出のあるロマンチックな庭だが、予想どおりの雪景色で、しかももう夜だ。

彼女は松明《たいまつ》を灯し、泥避けの木靴を履いて庭に出た。

雪がこんもりと積もってできた膨らみに、その松明を突き刺して両手を自由にすると、彼女は雪を掘り始めた。シュテファニアの蔓でも根っこだけでも見つかれば、と思ったのだ。

「叔母上、いったい何をしているんですか？　凍えてしまう」

マルクがやってきて尋ねた。

「シュテファニアよ。この辺りに生えていたかもしれないの」

「なんですか、それは？」

「さっき、サブロンの聖職者が教えてくれたのよ。毒で弱った体を立ち直らせる薬草よ。薬種商にもないと言われたでしょう？　でも、サリー・マルゴの絵の中に、似た植物が描かれていたの。おそらくそれは、ちょうどこの辺りなのよ」

「そんな気の遠くなるような……」

呆れた声で言われ、アンリエットはつくづく、孤立無援なのだと思った。それどころか、シルヴァンの病状を悪化させた犯人とさえ思われている。使用人たちをうまく使えなくては領主夫人など務まらない。自分は本当に結婚に向いていなかった。

「誰もあなたに頼んでなんかいないわ。さっきも言ったけれど、邪魔しないで」

こうして、ひとり黙々と雪をかき、土を掘った。

アンリエットの手はすぐにかじかんで動きにくくなってしまったし、その冷たさは指先だけでなく、頭にまでずきんとしみるほどだ。

吐息で暖めてもおいつかないので、彼女は松明の炎の熱で手をかざしては、根気よく雪を掘った。さくさくと雪を踏む音が遠ざかり、マルクが去っていったのがわかった。

シルヴァンにとって大切な甥であるマルクに対して、自分はいい叔母にはなれなかったし、この邸の使用人たちに対して、いい女主人にもなれなかったが、アンリエットはもうどうでもよかった。

彼らにとって、自分は『死神』であり、『悪魔』なのだ。今さら取り繕っても仕方ない。

――それに、サリー・マルゴに約束したんだもの。

もうシルヴァンの心の全てが彼女に占められてしまっても、文句など言わない。ただ、助けてほしいと懇願したのだから。

「シルヴァン、お願い、助かって……。生きて……！」

彼女は祈りながら探り、雪をかき、松明で照らして観察した。蔓植物らしいものは土の中から掘り起こして集めた。

「こっちだ、みんな」

半時ほど経った時、またマルクが戻ってきた。しかも、ひとりではない。

十数人のメイドや召使いがそれぞれに松明を持って、ぞろぞろと出てきたのだ。使用人を集めて魔女裁判でも始めるのかと思ったが、そうではなかった。

マルクがアンリエットの側に来て言った。

「叔母上、庭師に確認しましたよ。あの絵に描かれていた草がシュテファニアという植物なのかは知らないが、異国の書の挿絵を見せたらそっくりだと。……そうだな？」

すると、分厚い外套を着た庭師が答えた。

「へい。雑草ですから、正しい名前もわからないくらいですが、わしたちはロンド・グリシンと呼んでおりますよ。実の生《な》り方も、花の形も葉の形も似ています」

それを聞いたアンリエットは驚いて立ち上がった。

「本当に？　それは、去年も咲いていたの？」

「はあ。しかし、そんなものがなんの役に立つんで？」

「薬になるのよ……！　ああ、神様、どうか葉っぱ一枚でも雪の中に残っていますように」

アンリエットは誰にともなくそう叫ぶと、再び雪の上に膝をついた。

「奥様、この手袋をお使いください。豚革でできておりますから、薔薇の棘だって刺さりませんし、手が冷たくなりません。さあ、どうぞ」

庭師がそう言って、不細工な手袋を差し出した。

アンリエットはまじまじとそれを見たが、真っ赤になった手でそれを受け取ると言った。

「ありがとう」

その時、少し離れた場所で使用人を集めると、マルクが大声で言った。

「みんなで手分けしてロンド・グリシンという蔓草《つるくさ》を探せ。赤い実や蔓を見つけたら庭師に見せるんだ」

これはアンリエットには思ってもいないことだった。しかし、たったひとりで探すより、大勢で探すほうがシルヴァンを救う近道になるのだと思うと、意地を張っている場合ではなかった。彼女は使用人たちに言った。

「ええ、そう。実は房のようにかたまっていて、葉っぱは心臓の形をしているの……、これよ。この絵を見て」

異国の書物を見せられた使用人たちが、散り散りに去っていくと、彼女は再び雪の上にうずくまった。

一時間ほど探して、アンリエットはついに雪の中に鮮やかな赤い実を見つけた。

「……もしかしてこれ……！」

彼女は期待と不安を胸に、同じように庭を探していた庭師のところへ駆けていった。雪に足が取られて途中で転び、スカートを雪まみれにしてしまった。

「ねえ、これはそうじゃない？」

庭師にその赤い実を差し出すと、彼はおもむろに振り返り、立ち上がった。

そして松明の灯《あか》りに近づけてしげしげと眺めた後、こう言った。

「へえ、間違いありません。奥様」

「これがロンド・グリシンなのね！　やったわ！　見つけたわ！」

アンリエットが、まるで宝物を見つけた子どものように飛び上がってロンド・グリシンの実を掲げると、一緒になって探していた使用人たちが歩み寄ってきた。

「どれですか、奥様。あたしにも見せてください」

「よく見ておいて……、葉っぱでも蔓でもなんでもいいから集めて。たくさん必要なの」

メイドたちにそう言うと、別の場所を当たっていた男の使用人が言った。

「奥様、ここにもありました！　見つけましたよ」

雪で凍ってはいるものの、青々とした蔓と葉をひと塊掴んでその男も駆けつけてくると、小さな歓声が上がった。

「叔母上、これをどうするんですか？」

マルクに尋ねられ、アンリエットはサブロン人の神官に教わった方法を思い出した。

「葉や茎を、その分量の十倍の水に入れて、半分くらいまで煮詰めると言っていたわ。種は潰して蒸留酒に漬けておかなくてはならないけど、そのやり方だと半月はかかるから、今は種より葉のほうを使うの」

「なるほど、じゃあ、叔母上は厨房へ行って、料理人に指示してください」

「ええ……」

しかし、この邸の家人たちがアンリエットの命令を聞いてくれるだろうかと思うと、少々心《こころ》許《もと》ない。そんな彼女の不安を見透かしたかのように、マルクが言った。

「大丈夫、もう料理長が厨房で待っていますよ、叔母上」

他の使用人たちも口々に言う。

「俺たちはもっと探しますんで、奥様は旦那様のところについていてください。一刻も早く、薬を作って旦那様に――」

「あたしたちも、もっと探しますよ」

アンリエットは目を潤ませて言った。

「ありがとう。そうするわ」

もう誰に感謝していいかわからなかった。

こうして、アンリエットは薬液を作るために厨房に行き、雪の庭では深夜までシュテファニア探しが行われた。

＊　＊　＊

アンリエットが寝室に戻ったのは夜半過ぎだった。

メイド頭と執事に見守られながら、シルヴァンは眠っていた。

「どう？　様子は変わらない？」

アンリエットが尋ねると、執事が答えた。

「はい、時々苦しそうになさっていらっしゃいます。さっきまでうわごとに奥様の名前をお呼びでした」

「わたしの名を……？」

サリー・マルゴの名ではなく？　と、内心驚きながら、アンリエットは夫のベッドまで、ゴブレットを持って用心深く歩いた。

陶製のゴブレットには、使用人総出でようやく手に入れたシュテファニアから煮出した薬液が入っている。フォンドリーでサブロンの神官が教えてくれたやり方で作ったのだ。

「シルヴァン、お薬よ。どうか飲んで」

アンリエットがそう言って、スプーンですくって、夫の唇の間にごくわずか、流し込もうとしたが、それはむなしく零れてしまったので、彼女自身が口に含んだ。

シルヴァンのやつれた頬に手を添えて、唇を重ねる。いつだったか、アンリエットが酔ってしまった時に、彼がそうやって水を飲ませてくれたように。

少しずつ、何度かに分けて彼に薬を飲ませた後は、もう祈るしかなかった。

――どうか、この人を助けて……！　シルヴァンの心は全て貴女に譲るから、連れて行かないで。お願い……！

メイド頭は何度かやってきて、アンリエットに休むように言ったが、彼女は聞かなかった。

彼が助かったのを見届けたらこの邸を去ろうと考えていたし、彼がもしも助からないのなら、尚のこと最後の一秒まで一緒にいたかった。

アンリエットは一睡もせず、夫の額の汗を拭い、水や薬液を口移しに飲ませた。明け方近くに寝息が随分落ち着いてくると、今度は、静かすぎることが不安になってしまい、シルヴァンの口元に顔を寄せて呼吸を確かめたり、上掛けをめくって夫のシャツの上から、その胸に耳を当てて鼓動を聞いたりした。

苦悶に歪んでいた表情が穏やかになってきたのは、いい兆候なのか悪い兆候なのかわからない。

昨日は早鐘だったような心臓の音が、今は自分と同じくらいの早さになっていた。

苦しみから解放されたのは、快復に向かっているからなのかどうなのかわからず、思わず呼びかけてみる。

「シルヴァン……お願い、生きて。あなたを愛しているの。生まれて初めて、こんなに人を好きになったのよ。少しだけでもあなたに愛してもらいたかったけれど、もうそんなことは望まないわ。だから……ただ、生きていて……！」

絞り出すような声で、しかし、彼にせっかく訪れた安らかな眠りを妨げないように、抑えた声で囁いたのは、天国のサリー・マルゴにも聞かせるつもりだった。

「……ア、ンリ……」

シルヴァンの枕元に顔を伏せていた時、愛しい声が下りてきた。

「シルヴァン……？」

うわごとだと思い、アンリエットが身を乗り出して彼の顔を見ると、懐かしく、美しい瞳がこちらを見つめていた。

「アンリエット……」

彼はもう一度、今度ははっきりと彼女の名を言った。うわごとではなく、しっかりと目覚めてこちらを見つめて、妻の名を呼んだのだ。

「シルヴァン！　目覚めたの？」

「ああ……」

その声はひどく掠れていたが、やせ我慢ではなく、顔つきは明るいように見える。

「よかった……！　気分はどう？　苦しくない？」

「そうだなあ、随分としっかり……、眠った気がする」

なんて呑気《のんき》な、と怒りたい気持ちと、彼らしくて笑いたくなる気持ちが混ざっていたが、アンリエットはもう何も言えなかった。涙が溢れて、言葉にならない。

不思議そうに見つめられて説明に困り、彼女はただ、夫の手を握りしめていた。握り返す手に力が戻ってきて、本当に彼は助かったのだという気がした。

「外は雪か？　静かだな」

「ええ、そうよ」

何でもない会話に拍子抜けしてしまうが、それがどれほど大切なものだったかと思い知った。

「みんなに知らせなくちゃ……」

アンリエットはふいと立ち上がって、執事を呼ぶベルを引いた。

執事はメイド頭を伴って、すぐにやってきた。

「旦那様。目を覚まされたのですか！」

「ああ、不思議だ。——あれほどの痛みも苦しみも嘘のように軽くなっている。何が起こったのかな……」

「お体を拝見しましょう」

執事がそう言って、シルヴァンの上掛けをめくり、腕の傷や全身の状態を確かめた。

「熱も下がっておりますね。奥様の薬草が功を奏したのでございましょう」

それが慰めでも気休めでもないことが、口調の強さから伝わり、アンリエットは夫の手を両手で握りしめたまま、うれし涙を流していた。ひとしきり泣いた後、彼女は庭にいる使用人たちのことを思い出した。

「あの薬が効いたのなら、もっと草を取ってこなくちゃ。わたし、庭を見てくるわ」

彼女は疲れ切った体で、しかし心は羽のように軽く、ふらふらした足取りで階段を下りると庭に向かって叫んだ。

「みんな、聞いて！　シルヴァンが目を覚ましたわ！　あの薬で正しかったの。どうか、もっとたくさん探し続けてちょうだい」

こうして報告だけは済ませたものの、彼らに何か報いたいという気持ちがわき上がってきた。アンリエットは厨房に行くと、シルヴァンの様子を料理長に話し、上等の葡萄酒を温めてみなで飲むようにと言った。

「それから、砂糖菓子《コンフェッティ》と干し肉もつけてね」

彼女がそう言うと、料理長は驚いた顔をした。

新年の祝いにと、アンリエットの実家が気を利かせて送ってきた酒樽《さかだる》や干した果物、砂糖菓子などの大量の保存食は貯蔵庫にしまわれ、奥方の許可なく使うことは禁じられており、使われるとしても祝祭や舞踏会の時と決まっていたからだ。

こうして使用人をねぎらってから、アンリエットは薬液の残りを持って、シルヴァンのベッドに戻った。シルヴァンは執事から一連の説明を受けていたようだ。

「私はいろいろな夢を見ていた気がするんだ」

シルヴァンがぼんやりと宙を見つめて呟いたのを聞いた執事が問い返した。

「どんな夢でございましたか？」

「ある時は、私は渾身《こんしん》の力を込めて遺書を書いたのだが、なぜか、妻の機嫌を損ねてしまい……あれは」

執事は答えに困った様子で、返事を控えていた。

「夢よ！　悪い夢。そんなもの、どこにも存在しないわ」

アンリエットがそう叫ぶ。

「そうかな。アンリエット、もっと近くへ来て、顔を見せておくれ。まだいろいろ聞きたいことがある」

次第に口調もしっかりとし、声にも力強さが戻ってきて、本当に彼はもう大丈夫だという手応えを感じた。夢見心地で再び彼の側に座ると、夫は理解できないというふうに彼女を凝視して言った。

「……どうしたんだい？　ひどい格好だ。髪も乱れて――それに貴女の手はいったいどうしてこんなにかわいそうなことになっているのかな」

アンリエットははっとした。昨日から全く身をかまっていない。

愛する夫の命だけを助けようと奔走することに頭がいっぱいで、目覚めた時の彼の目に自分がどう映るかなんて、全く思い及ばなかったのだ。

「やだ、恥ずかしい……！」

慌てて髪に手をやり、なでつけてはみたものの、今更とりつくろったところで意味のないことだった。シルヴァンはしっかりとこちらを見つめていたから。アンリエットは諦めて、髪から手を下ろした。

「アンリエット、貴女はひょっとして、私を心配してそうなったのか？　もしそうだとしたら――」

アンリエットは狼狽した。夫のためになりふりかまわず、雪と泥まみれになって庭を這い回っていたなんて、貴婦人にふさわしくないかもしれない。

「わ、わたしは元々こうなの。無頓着なんです。もしそうだとしたら……なに？」

「もしそうなら、貴女は世界一可愛い奥さんだし、私は世界一幸せな夫だ。おいで、かわいそうな思いをさせてしまったんだね。貴女はそのままで、美しい女神だよ」

「シルヴァン……」

コホン、と背後で咳払《せきばら》いが聞こえ、アンリエットが振り向くと、執事が微笑していた。

「やっぱり、シルヴァンはまだ熱に浮かされているみたい。こんな妙なことを言って」

アンリエットがそう言うと、執事は答えた。

「そのようでございますね。あたかも恋の病に罹《かか》られたような具合かと」

こんな戯《ざ》れ言《ごと》を背に聞きながら、アンリエットは湯浴みをしようと寝室を出た。


二日後、スミソネールへ行っていた医者がようやく戻った時には、シルヴァンは起き上がって食事もできるようになっていた。全ての事情を話し、治療の経過を説明したところ、医者はアンリエットの処置を褒め、予後も良好との診断を下した。

医者を見送った後、アンリエットは裏庭を歩いた。

ずっとシルヴァンにつきっきりで、こんな穏やかな気持ちで日射《ひざ》しを浴びるのは何日ぶりだろうか。

庭園は雪に覆われ、人気もない。池の水の表面は凍っている上に雪が積もっていて、右手には小さな厩が見える。

シルヴァンとはこの庭をよく散歩したが、厩までは案内してくれなかった。アンリエットは雪を踏みしめて厩に近づく。

廃屋かと思ったが、中には四つの馬房《ばぼう》があり、灰色の小さい馬が一頭と、鹿毛《かげ》の大きな馬がいた。その横で、ひとりの男が藁を集めて厩の片隅に積み上げていた。短く刈り上げた髪は、一本一本が硬そうで、背中を見る限り、シャツ越しでも青年のようなたくましい筋肉がついているのがわかる。しかし、彼がこちらに気づいて顔を上げると、額に深く刻まれた皺があって、高齢のようにも見えた。

「おや、お珍しい。旦那様はこちらの厩にはめったにいらっしゃいませんから」

愛想良く話しかけてきたその男は馬番だろうか。瞳は瑪瑙《めのう》のような茶褐色で、白目は褪《あ》せた羊皮紙のようにくすんでいた。物言いがやさしい反面、その目つきは、馬のような動物と接していることから野性味を帯びているのか、ぞっとするほど鋭い。しかし、そもそも使用人に無関心だったので、見覚えはなかった。

「シルヴァンは馬にはあまり乗らないの？」

彼女が尋ねると、馬番は驚いたような顔をした。

「とんでもありません、ただ、こっちにはもうお役御免の年老いた馬しかおりませんから。旦那様が大の馬好きってこたぁ、誰でも知っております」

「そうなの……？」

誰でもといっても、自分は全く知らなかったことに、彼女は軽くうちひしがれる。

「奥様もさぞや乗馬が得意なんでしょうな?」

「実は……わたしは乗れないのよ」

おずおずとそう答えると、男は気の毒そうにこちらを見た。

「そりゃあいけませんなあ、奥様」

彼はそう言って、少しの間黙考していたが、やがて後ろの馬に目をやった。

「旦那様は馬車より馬に乗って出かけるほうがお好きですから、奥様もたしなみ程度には操れたほうが絶対にいいです。試しに馬に乗ってごらんになりますか」

「え?」

男は灰色の小柄な馬の首筋を軽く叩いて言った。

「さっきも言いましたがこいつは年を取っていて、馬車などは牽《ひ》けませんが、おとなしい馬ですからご婦人でも楽に乗りこなせます。いまのうちに稽古を積めば、春までには旦那様と馬の首を並べて遠乗りに出かけることもできましょう」

「そう——でも、今は主人が……」

と、言い訳しながら彼女はその場を離れようとしたが、男は斟酌《しんしゃく》なしだ。

「なに、すぐに用意できますよ。さあ、どうぞ」

彼はそう言うと、灰色の馬の背に手早くブランケットと、その上に鞍《くら》をかけ、手綱を引いてアンリエットの前まで馬を連れて出てきた。

＊　＊　＊

「叔父さん。今回のこと、本当にすみませんでした。ドム・ドゥ・メルスネールで襲われたと聞きました。僕の日頃の振る舞いが悪かったから――ですよね」

珍しく、甥は殊勝な面持ちで頭を下げた。

今日のマルクは灰青色のブリーチズとジレの上に紺のアビ、袖飾りは金糸のブレードだけという、彼にしては落ち着いた装いだった。病人の見舞いだからだろう。

「おまえのせいで怪我をしたわけではないよ。私が勝手に勘違いしただけで。いや、しかし……本当に勘違いだろうな。実際、揉めて困っているのではないな?」

「叔父さん。僕は一度もあんな場所には行っていませんよ、それだけは信じてください。僕は正直言って、鉄格子という境界があるにも関わらず、フォンドリーでさえ、近づきたくないくらい小心者ですから」

「それを聞いて安心した。亡き姉上にも面目が立つ」

「でも、どうしてドム・ドゥ・メルスネールだなんて思ったんですか?」

「それは――あのメイドが密告したからだ」

「イジンカですか？」

「彼女はおまえがそこで美人局《つつもたせ》に騙されたようなことを言ったのだ。しかも、何か不穏なことが起こるというその時刻まで具体的に。マルク、おまえはあの女と……」

「いいえ、違います！　確かに、いっときはそういう時期もありましたが、最近は距離を置いていましたし、そんな話は全くでたらめです。なぜ彼女はそんなことを……問いただそうにももういませんけど」

「いない、とは？」

「叔母上が解雇したんです。叔父さんの具合の悪い時に」

「それは知らなかった……」

「出過ぎたかもしれませんけど、叔母上を責めないであげてください、と僕から言っておきますよ。あんな可愛らしいところがあるなんて、少々見直したところです」

「マルク」

「それではお大事に、叔父さん」

こうして甥は部屋を出たが、ふと気にかかることがあり、シルヴァンはこの半年の記憶を手繰ってみた。

先日は、メイドの密告があまりに具体的だったので、それを確かめに出かけて暴漢に襲われた。あれは単に、マルクに執着する女の妄言だったと思っていたが、周到に用意された罠《わな》ではなかったのか。

そして結婚する前に起こったことを——新妻には話していないが。サリーマルゴを失った、あの忌まわしいできごとは、乗馬中の不慮の事故と思っていたが、本当にそうだっただろうか。

この屋敷に、自分を暗殺しようとする者がいたとしたら——。そしてそれがもし、公爵家の相続権に関わることだったなら、自分だけですむはずがない。

「……アンリエットはどこだ？」

不穏な胸騒ぎを覚えて、シルヴァンはベッドから下りた。

＊　＊　＊

躊躇《ちゆうちよ》するアンリエットの前に踏み台を置き、男は「さあ、どうぞ」と勧めた。小さい馬といっても、鞍の上まではかなりの高さがあり、踏み台に乗っても伸び上がらなくてはいけない。しがみつくようにしてようやく馬の背に乗ると、足がすくむほど高い。

「奥様、前のめりになってはなりません。鐙《あぶみ》も強く踏ん張らないようにして、もう少し背中を立てておすわりください」

と、言われて彼女が背筋を伸ばせば、男は「そうです、お上手ですな」とおだて上げる。怖がると馬にも伝わると聞いたので、できるだけ動じないようにと気をつけると、馬はゆっくりと歩き始めた。

男は手綱を握って付き添ってくれ、アンリエットはすぐに目線の高さに慣れた。夫がいつもこういった景色を見ているのだと思うと嬉しかった。馬番は時折、馬をなだめるように舌を鳴らしたり、なにか話しかけたりしていた。

こうして、円を描くように馬を並足で歩かせると、男は言った。

「奥様、実に筋がよろしいですな。旦那様もお喜びになりますよ。次は少し速歩にしてみましょう」

それから、彼は馬の口元に拳骨を近づけ、手を広げた。慣れたしぐさで、馬は男の手から草を食んだ。褒美の餌をやったのだろう。

「さっきと同じ要領で大丈夫ですからな」

「あ、でももう……シルヴァンのところに戻──っ」

その瞬間、跳ねるような衝撃を感じ、突然景色がすごい速度で動き出した。彼女は反射的に鞍にしがみついた。

「あっ……！」

馬が暴走を始めたのだと気づいた時には、どうしようもなかった。後ろに跳ね上げられそうになるのをこらえて鞍の前橋を握りしめるのがせいいっぱいだ。

「助けて……シルヴァン！　ああっ」

灰色の馬はアンリエットを乗せたまま、猛然と走った。

雪や泥を蹴散らし、まるで背中に止まったハエを振り落とそうとでもするように体を激しく揺すって池の方向に向かって疾駆している。

「誰か……！」

アンリエットの叫びも風に奪い去られてむなしく遠ざかった。

どこまで走り続けるのか、いつ落馬してもおかしくない状態で、アンリエットは恐怖に呑み込まれそうになっていた。

気を失ったら、死。

そう言い聞かせて必死で手綱を握りしめる。馬番の姿ももう見えないし、声も聞こえない。

このまま進んだら、馬は凍った池を疾走することになる。滑って昏倒《こんとう》するか、氷が割れて水没してしまうかもしれない。

かじかんだ指先にはもう感覚がなくなりかけていた。握っているのか、指を開いているのかもよくわからない。

——もうだめ……！　シルヴァン！

意識が遠のきそうになって、手から力が抜け、まるで馬の背からひったくられるかのように、アンリエットの体が後方へと傾いた。もう、留まる術はない。

その時——。

「アンリエット！」

誰かが呼ぶ声が聞こえた。

「シルヴァン……！」

愛しい人の名を呼びながら、夢中で手を伸ばした。

届くはずないのに。彼がこんなところにいるはずがないのに。

しかし、次の瞬間、アンリエットの体は何かに抱きとめられた。

力強い腕が彼女の背中に回され、今手放した手綱を、彼女に代わって握りしめた。

はっと我に返ると、彼女の乗った馬の隣にもう一頭、鹿毛の馬が併走しており、シルヴァンがそれを操っている。

「アンリエット、落ち着いて、そのままの姿勢を保て」

「シルヴァン……！」

彼は別の馬でアンリエットに追いつき、追い抜きざまに彼女の転落を阻止したのだった。病み上がりとは思えない俊敏な動きだ。彼にとって、馬は自分の一部であるかのよう。

半身を乗り出して、その右腕でアンリエットを繋《つな》ぎ止《と》め、併走を続けながら自分の馬からこちらに乗り換えた。

そしてシルヴァンが、大きく旋回するように進路を制御すると、今は無人となって走っていた鹿毛の馬もついてきた。シルヴァンを主人と認めて従っているのか、習性でついてくるのかはわからない。こうして二頭とも、速度を徐々に緩め、最後は並足になった。

「アンリエット、大丈夫か？」

厩の前まで至ると、二頭揃って止まった。シルヴァンに抱き下ろされて地面に足がついても、まだ体が揺れているような気がする。歩くこともままならないのを見ると、シルヴァンは彼女を横抱きにした。

「怪我はないか？」

「大丈夫よ、シルヴァン……」

「なぜたったひとりで馬に？」

「待って、シルヴァン、下ろして。傷に障るわ」

病床から抜け出したばかりの寒々しい夜着姿に気づいて、アンリエットは彼を気遣ったが、夫は無言で、ただ彼女を抱きしめるばかりだ。

「無事で――よかった」

彼の顔は真っ青だった。体調が悪化したのかと心配になるほどだったが、それは怒りからきているようにも見える。

――シルヴァン……怖い顔……。

「怒らないで。ひとりで乗ったんじゃないの」

「誰が貴女を馬に乗せたんだ?」

「そこにいた……馬番よ」

「馬番……?」

アンリエットが震える手で厩を示すと、シルヴァンは彼女から手を離し、厩に入っていった。

「でも、無理しないで、シルヴァン」

その声も、もはや彼には届いていないようだった。

＊　＊　＊

迂闊《うかつ》だった。

シルヴァンが謀略に気づいた時、既に最愛の妻にまで魔の手が伸びていたとは。

自分が駆けつけなければ、馬は氷の張った池を暴走しただろう。人気のない裏庭のことだ。氷が割れて池に転落すれば、アンリエットは、たった数分で死んだに違いない。

未遂に終わらせたとはいえ、シルヴァンの胸には、これまで感じなかったことのない激しい怒りがこみあげていた。

彼が厩に飛び込んだ時、その男は傲然と藁を踏みしめていた。

「おまえがやったんだな？　ボジェク」

その馬番が恐れおののいて許しを請えば、悪気はなかったと思ったかもしれないが、彼には悔恨の色はひとつも見せず、手には短剣を持ってこちらを見返している。

「へえ、そうでさ」

と、答えたボジェクの濡れたようにぎらぎら光る目には憎しみがたぎっている。恨まれる覚えはないが、シルヴァンは確信した。

この男は殺害する目的で、慣れないアンリエットを馬に乗せ、それから馬に刺激のある植物を食ませたか、あるいは衝撃を与えて驚かせ、暴走させたのだと。

そしてもうひとつ気づいたことがある。

ドム・ドゥ・メルスネールでシルヴァンを襲った男だ。

あの時は、顔はほぼ覆い隠されていて、目しか見えなかったが、手にしている剣の形が同じだ。それに鋭い眼光、瞼の深い皺が今、目の前にいる馬番と一致した。

老いて重労働に使えなくなった馬を面倒見させていたが、不満でもあったというのか。

「なぜこんなことをした。サリーマルゴを死に導いたのも、ドム・ドゥ・メルスネールで私を刺したのもおまえか」

その時、一瞬の間があってから、馬番は答えた。

「はあ、よくおわかりですな。旦那様に侮辱された女の恥を雪《そそ》ぐためにやったことでございます。命をかけて、復讐《ふくしゅう》するつもりです」

「女だと？　侮辱？　なんの話だ」

「ご自分の胸に手を当てて考えなさったらよろしい。これは正当な決闘です、どうぞお使いなさい」

そう言うと、ボジェクは藁の中からもうひとつ、剣を掘り出してシルヴァンの足下に投げて寄越した。

それを拾って鞘を外し、シルヴァンが身構えると同時にボジェクは向かってきた。

シルヴァンは最初の一撃を受け止め、押し返した。ボジェクの構えは隙だらけだったが力はめっぽう強い。二合、三合、と剣を交えると、ぶち当たったところから火花が散った。

「二人ともやめて！　誰か来て！」

アンリエットの悲鳴が聞こえたが、シルヴァンは応戦するしかなかった。ボジェクはああ言ったが、これは全く正当な決闘とはいえない。決闘の理由も明らかにされていないし、両者のしっかりとした立会人もいない。

空っぽの厩の中、ボジェクが力任せに打ってくるのを跳ね返しながら、シルヴァンは、どうやって殺さずに捕らえるかを考えていた。

「ぼんやりしなすっちゃいけません。私は本気ですぜ」

捨て身のボジェクの攻撃を身を翻して避け、その手元近くを叩いて剣をはたき落とそうとしたが、敵は持ちこたえた。打ち合う足下で藁屑が舞う。横木をくぐり抜け、通路に出ると足場も安定してこちらに利があるように思えた。

六合、七合、と打ち合ううちに、シルヴァンはいつしか四つある馬房のいちばん奥までボジェクを追い詰めた。彼は突然、「ここへは来るな！」と叫んで飛びかかってきた。シルヴァンがそれをいなすと、相手の剣が厩の壁に刺さった。今だ、とばかりに、シルヴァンはボジェクの手首を肘で突くと、屈強な馬番もどうにもならなくなり、藁山に昏倒した。

ボジェクの喉元に剣先を突きつけると、相手は「殺せ！」と言った。

むろん、シルヴァンは殺すつもりはなく、素早く馬番の両手首を交差させ、壁に掛けてあった縄で彼を縛り上げた。

その時、馬房の最奥にこんもりと積み上げられていた藁山から、何か物音が聞こえた。シルヴァンがそちらを見ると、ボジェクが初めて狼狽した表情を見せた。

「だめだ、そこは――！　やめろ」

自死を防ぐために猿ぐつわを噛ませてボジェクを黙らせ、シルヴァンは藁山に近づいた。床に転がっていた刺股で藁をどけると、何者かが身を屈めていた。

どんな屈強な共犯者かと思ったが、身なりからして当家のメイドだ。

よく見れば、アンリエットに解雇されたという元部屋係だった。行くところがなくて隠れていたのだろう。

「おまえは――イジンカだな」

「はい、旦那様」

「なぜここにいる。おまえはボジェクの共犯者か」

「ボジェクさんは何も知りません。全部私のせいです。……もう終わりです」

と、メイドが言って、ゆっくりと立ち上がった。お仕着せの紺のドレスの肩や、白いエプロンから藁が溢れ落ちた。彼女は古い毛布の端切れを丸めて抱えていた。

「私が全部やったんです。私を罰してください」

全部、とはどのことを指しているのか、シルヴァンにはまだ理解できなかった。彼の背後でボジェクが唸っていた。イジンカの言葉を否定しているかのように聞こえた。

メイドは毅然《きぜん》とした態度でこちらを見据えて言った。

「ですが、どうかこの子だけは殺さないでください」

その腕の中には、赤子がいた。

＊　＊　＊

二人の罪人は、地下牢に別々に入れられた。

赤子は珠のような男の子だった。

シルヴァンは人払いをし、マルクと二人だけでメイドの話を聞いた。ことによれば、公爵家の醜聞になり得ると思ったからだ。

メイドの告白によると、彼女はその赤子を昨年六月に、この廃墟のような古い厩でひとりで産んだということだった。

「子どもの父親を私は誰にも明かさず、内緒で育てるつもりでした。よそに行ってもひとりで育てられるはずもありませんし、妊娠が露呈すれば追い出されてしまいますので、産まれるまではエプロンを緩めにつけて、お腹が目立たないように気をつけていました」

確かに、以前は小太りな女というイメージだったが、それは身ごもっていたからだったのだ。産んだ後も、体形が急に変わらないように太っているように見せていたのだと思う。

この一連の顛末を、マルクは青ざめて聞いていた。イジンカは決して離すまいとするように赤子を布でくるんで抱きしめて言った。

「ですが、出産中にどうしても呻き声を抑えることができず、馬番のボジェクさんに見つかってしまったのです」

「ボジェクとおまえの関係はなんだ」

「ボジェクさんは、ただ同じ屋敷で働く使用人どうし、それ以外の何もありませんが、互いに身寄りもない孤独な身の上で、厩で赤子を産まざるを得なかった私に大変同情してくれました。お産が終わって胎盤が下りると、あの人は赤子の臍《へそ》の始末をしました。私は感謝を籠め、あの人に子どもの名づけ親になっていただきました。以来、ボジェクさんはこの秘密を固く守り、子どものことも守ってくれたのです。見放されて死を待つだけの老馬の面倒を見ながら、新しい命の誕生に立ち会ったことが嬉しかったのかもしれません」

「ボジェクは父親の名を知っているのか？」

「いいえ。それは誰にも言っていませんし、旦那様に申し上げるつもりもありません」

「だが、ボジェクはおまえの屈辱を濯《そそ》ぐと言って決闘を仕掛けてきた。まるで私がおまえを汚したかのような物言いで」

「それは、私がサリーマルゴに毒草を食べさせるところを、ボジェクさんが見てしまったからだと思います」

シルヴァンは眉をひそめた。

さっきはボジェクが、自分がやったと認めたようなことを言ったが、イジンカの仕業だったとは。

錯乱したサリーマルゴはそれにより首の骨を折って死に、シルヴァンも危うく大けがをするところだった。

「それで、おまえが私に陵辱されて恨みを抱いていると勘違いしたのか？　しかし、私の子であるはずがない」

と、シルヴァンが言うと、メイドは答えた。

「はい、旦那様でないことだけは断言致します」

それではこちらの汚名が晴らせぬと、怒りの気持ちを抑えてシルヴァンは言った。

「おまえはアンリエットの行動を盗み見し、マルクに密告したようだな？　アンリエットに恨みでもあるのか」

「サブロン贔屓の奥様は公爵家にふさわしくないと思いました」

だから、マルクに悪口を吹き込んだのだとしても、一メイドが口出しをすることではない。

「ボジェクは？　私の妻に反感を持っているのか」

「いいえ、私が――お願いして……」

そこで語調が弱くなったところを見ると、ボジェクとイジンカは互いにかばい合っていることも考えられるが、両者からそれぞれに話を聞くことで真相は明らかになるだろう。

「では、私を娼館におびき出してボジェクに襲わせ、今日、アンリエットを危険な目に遭わせたのも全ておまえの差し金というのだな。その理由はなんだ」

「それは――」

メイドは苦しそうに口ごもった。

父親の名を明かせないなら言えないだろうから、シルヴァンが言うことにした。

「私やアンリエットが死ねば、いずれはその赤子の父親に全ての遺産が渡るからだ。違うか？」

イジンカはぴくりと顔を上げた。

「この子は厩で産まれたのです。古の聖者と同じように……、私は、私は――」

それまで大人しく真面目で目立たなかったイメージだったイジンカの目に強い光がみなぎっ

ているのは、子どもを守るためだろうか。

シルヴァンは新たな怒りが沸いてくるのを感じた。この女の浅はかさと大胆さに。

「聖者のように産まれた嬰児に財産を与えようとして、自分を助けた親切な男に殺人をそそのかすとは！　財産どころか、赤子に重い十字架を背負わせたことがわからないのか」

すると、初めてイジンカは表情を崩した。

「罪深い人間を母に持った子どもを哀れと思え。赤子には一生会わせない、それがおまえに与えられた罰だ」

シルヴァンの断罪に、イジンカはおののき、声を上げて泣いた。母親にとってこれ以上の罰はないかもしれない。いずれ秘密裏に里子に出すことになるが、子どもに罪はない。シルヴァンはその子が成人するまで不自由のない暮らしができるように手配するつもりだ。

子の父については、マルクの顔色を見れば明らかだった。

彼はイジンカの告白の間ひと言もなく、終始うなだれていた。

気ままな女遊びがこんな事件に発展し、二人の人間に罪を犯させたことを痛感しているのだろう。ボジェクの処罰については後で決めるとして、この騒動は解決を見たのだった。

＊　＊　＊

その手に口づけをした。

「いい匂いだ。アンリエット」

その夜、シルヴァンは、石鹸《せっけん》と香油の香りを漂わせて戻った湯上がりの妻の手を取り、その手に口づけをした。

何日かぶりにアンリエットもベッドに入り、彼の隣で横になっていたのだ。

妻の髪をひと房摘んでキスをした。

「さっきは心臓が止まりそうだった。貴女を失うかと思うと」

「ごめんなさい！　でも……助けてくれて、嬉しかった」

アンリエットがそう言うと、シルヴァンはごそごそと動いて、彼女を自分の右腕に引き寄せて腕枕をしようとした。アンリエットは、彼の負担にならないよう、脇の辺りに頭をずらし、彼の胸に頬をすり寄せた。

「いや、巻き添えにしてすまなかった」

彼の体温や、匂いや鼓動に触れているだけで、胸がいっぱいになってくる。病み上がりなのに激しく動いたためか、彼は少し気怠げだ。

乱れた髪、疲弊した表情、掠れた声さえも、アンリエットにとって、愛おしい。

失いそうになっていっそう、大切な人だという思いが強くなり、止まることをしらない。

シルヴァンは、何を思っているのか、妻を腕枕した右腕を曲げて、指の先で彼女の髪を弄び、静かに首を傾けて彼女の前髪にキスをした。

こんなふうに、ただ寄り添っているだけのことが嬉しくてたまらない。

「マルクもこれで懲りて慎重になるだろう」

「そうね……」

愚かな青年の戯れに人生を歪められた二人の家人を思うと切ない。マルクに気をつけろというクリステルの警告はこういうことだったのかと、つくづく思う。

「アンリエット。何を考えている？」

シルヴァンはそう言いながら、答えを待たずに口づけてきた。

「ん……」

病み上がりの彼の体力は、昼間の騒ぎで相当削られているだろうに、口づけを熱く重ねるうちに劣情にかきたてられて、抱きしめる腕に力が満ちてくるのがわかる。

彼の大きな手に髪を撫でられ、アンリエットの体の奥も熱く溶けそうになった。

「……っ、だめ」

思わず彼を止めたのは、サリー・マルゴの肖像画が頭を過ぎったからだ。

――彼女と約束したのよ。いつまでもシルヴァンを独り占めなんてしちゃだめ。

「安静にしないとだめだって、お医者様が言ったでしょう」

「アンリエット……私はもう大丈夫だよ」

「そんなの信じない。遺書まで書いておいて――」

そこで言葉が詰まってしまったのは、ようやく繋ぎ止めた命はそのままに、今度は自分から彼の元を離れなくてはならない辛さからだった。

「アンリエット……泣かないでくれ。心配をかけたんだね」

彼はそこでやっと引き下がり、添い寝に止めてくれた。

翌朝、彼が目覚める前に、アンリエットは物音も立てずに床を出て、そして公爵家を去ったのだった。

＊　＊　＊

妻がこの屋敷を見限ったのは、お家騒動に巻き込まれたから嫌気がさしたのだろうか。夫婦の愛情が芽生えていたという確信があるのに、なぜ彼女がいなくなったのかわからない。御者から行き先は聞いているが、十日経っても手紙ひとつ寄越さないのは、完全なる決裂ということなのかもしれない。

　そんな気もそぞろの時にマルクが辞去の挨拶を述べに来て、――彼は今回の件でいたく反省し、実家に戻って真面目に勉学することになったのだ――妙なことを言った。

「ずっと聞きたかったんですが、叔父さんには奥さん以外に、誰か愛人がいたんですか？　僕は全然知りませんでした。でも、生真面目な叔父さんでさえそうなら、僕は仕方ない」

　アンリエットがいなくなって気分がひどく塞いでいたシルヴァンはふと我に返って問い返した。

「……なんだって？」

「叔父さんが容態の悪い時に、叔母上が言っていたんですよ」

「アンリエットが？　なんと言っていた？」

「ええと……叔父さんには、叔母上とは別に『生涯愛している人がいる……』とかなんとか。あの時はそれどころじゃなかったから、誰も追及しませんでしたが、叔父さんにそんな恋人がいたのかと、ちょっと驚いたことは覚えています。意外と隅に置けないんだなと思って……」

「ばかな！　――私にそんな人がいるわけないだろう。こんなに妻を愛しているというのに！

……アンリエットはどうしてそんなことを言ったんだろう」

「じゃあ、誤解をしているとか……、何か勘違いさせるようなことを言った覚えは？」

「ない」

「叔母上は、出かける前はどんなふうでした？」

「出かける前……」

シルヴァンは記憶を手繰ってみたが、前夜は特に変わった様子もなく、睦まじく共寝をした。ほぼ快復した彼がアンリエットを抱きしめて愛を囁いた時、彼女にやんわりと拒まれてしまったのだが、それは彼の体を気遣ってのことだろうと思っていた。そして朝起きると、枕元に奇妙なものを残して、彼女はいなくなっていた。

「奇妙なものとは？」

「これだ」

彼がその栗色の毛の房を持ち上げて見せると、マルクは眉を寄せて言った。

「女の髪だ……！　叔母上の？　……いや、でも、色が違いますね」

「サリーマルゴの毛だよ。彼女はどうしてこんなものを、私の枕の横に置いたんだろう。病気がよくなる呪《まじな》いか何かかな」

「叔父さんは、叔母上にサリーマルゴのことを話したんですか？」

「いや、一度も」

「一度も……？」

マルクはそう言うと、その長い毛の房を凝視した。

しばらく黙考した後、突然何かのひらめきが下りてきたかのように、彼は目を大きく見開き、やがて全て覚ったかのように笑い出した。

第八章

公爵邸を去ってから十日経った。

アンリエットは今、親友であるクリステルの家、男爵邸に身を寄せている。

公爵家を出てきたのは、シルヴァンをこれ以上好きにならないためだ。

実家に行けば、公爵との夫婦仲を疑われてしまうので、友人を頼ってきたのである。

かといって、そのうちには身の振り方を決めなくてはならない。

現行では、死別か夫から妻に対する命を脅かすほどの暴力が証明されない限り、離婚は難しい。かといって、彼と心を通わせることなく、形式だけの夫婦でいるためにはどうしたらいいのだろうか。

彼はアンリエットの胸の内など知らないし、亡き恋人のことは想いつつも、妻にはやさしくしてくれる。その言動のひとつひとつを、心動かさず仮面夫婦としてやり過ごすことなど、とうてい不可能だ。

——ということは、なんとかして、彼とは別々に暮らさなくてはならない。

こんなことばかり考えて、アンリエットは友人の家で鬱々としていた。

彼女がどれほど夫を愛しているか、それなのに離れなくてはならないのはなぜかを語った時、クリステルは一緒に泣いてくれた。

「ゆっくりしていっていいのよ。アンリエット」

と、クリステルは言った。アンリエットが結婚について悩んでいた時、背中を押してくれたのが彼女だから、もしかしたら、責任を感じているかもしれない。

「よかったら散歩でもしない？　今日はいい天気よ」

「そうね、ありがとう」

あまり寒いでいても、親友に心配をかけるだけだ。

三月に入って、雪も溶け、草花の新芽がちらほらと覗き初めている。

「週末はお茶会を開きましょうか。小規模だけど、気さくで楽しい方たちがいらっしゃるわよ。それとも、楽師を呼んで音楽会でも開く？」

クリステルが、あれこれと気を遣ってくれるのが申し訳ない。

「ここに置いてくれるだけで十分。本当に貴女が友達でいてくれて助かったわ。……でもね、誤解しないで。わたし、結婚してよかったと思っているのよ、クリステル」

「まあ……そうなの？」

「あなたが教えてくれたでしょう。結婚したらわかる特別なものがあるって」

「ええ、見つかった？」

「見つけたわ。あんな幸福は二度とないわ。人を愛するって、すごいことなのね。その人のためなら、奴隷にでもなるし、女王様にでもなれちゃうの」

「奴隷……！　公爵様は貴女にひどいことをなさったの？」

不穏な言葉選びに驚いて、クリステルが叫んだ。

「違うわ！　そうじゃなくて、精神的なことよ。彼のためならどんな辛いことでも耐えられると思うし、彼を見つめるだけで、女王様のように誇り高い気持ちになれるっていう意味でね」

「そうなの……」

「最初のうちは、結婚生活を始めてから起こるほんの小さなできごとのひとつひとつに、これがそうかしら、と思ったりしていたんだけれど、今思うと、あの人と過ごした時間の全てが宝物なのよ」

そして、アンリエットはふと顔を上げて言う。

「あ、ここにもすばらしい宝物が残っていたわ。この薔薇のアーチ」

その鉄のアーチには、今は薔薇の蔓とわずかな葉が残っているだけだ。

「宝物？　これが？」

クリステルは理解できないという顔をして、こちらを見返した。

「舞踏会の日にシルヴァンと散歩した時、彼はここで、わたしの肩を引き寄せてくれたの。薔薇の棘が刺さると危ないって」

「まあ、そんなことが？」

「ええ、ドキドキしちゃった。ここは恋人のために作られたような散歩道なのね」

「そういうつもりはなかったのだけれど……」

「それで、シルヴァンはやっぱり、薔薇の棘に右の袖を引っ掛けてしまったのよ」

「大変。アビにカギザギを作らなかったかしら……」

クリステルは青ざめた。

「大丈夫よ。アビはなんともなかったわ」

その時、使用人がやってきて、『奥様』と呼んだ。クリステルに来客があるらしい。彼女は用事を片づけるために立ち去り、アンリエットひとりが思い出に浸ることになった。

――シルヴァン、出会った時から大好きだったわ。

親友が席を外してくれて、よかったと思った。ひとりなら泣いても大丈夫。彼女に心配をかけずに、この途方もない喪失感と闘うことができる。

シルヴァンと出会ったあの日のことをしみじみと思い出して、アンリエットはその場に立ちつくした。薔薇のアーチの足下の雪は融《と》けかかって、所々土が見えていた。

ふと見ると、雪が深く窪《くぼ》んだところにきらりと光るものがある。

アンリエットが腰を屈めて、その正体を見た時、思わず叫んでしまった。

「このボタン……！」

黒曜石に金の縁取りのある小さな宝飾品、それは、シルヴァンのアビから取れてなくなってしまったボタンだ。

「こんなところにあったのね」

腕を伸ばしてそれを拾い、手袋を外した左手に乗せてみた。

袖のボタンは、いたって冷たいのに、彼女の胸を熱くする。

それを握りしめて、アンリエットはひとりごちた。

「わたしの宝物だわ」

この片割れのボタンは、アンリエットのブレスレットになって、貴重品入れの引き出しの中に置いてきてしまった。

せっかく見つかったのに、と思うとなんともいえないすれ違いのような寂しさに包まれる。

対のボタンが呼び合うかのようだ。

——離れていても、彼を愛さないなんて無理。

もういっそ、戦火に追われても、サブロンに行ってしまおうか。そんなふうに自暴自棄な考えもしてみたが、どんなに遠く離れても、同じことだというのがよくわかる。

アンリエットは、自分の心を偽ることはどうしてもできないのだった。

「シルヴァン、愛しているわ。心から……！」

アンリエットはもうこらえるのをやめて、その想いを口に出した。自分が彼の心を占めることはできなくても、自分の心を彼でいっぱいにすることは自由なはずだ。

「——それは、光栄だ」

突然背後で懐かしい声がした。あまりの愛しさに幻聴を聞いたのかもしれない。

「……！」

振り向くと、そこにはシルヴァンが微笑んでいた。

とっさに、何を言っていいかわからず、アンリエットは握りしめていた手を開いた。

「これ、見つかったの。あなたのアビのボタン——」

言い終わらないうちに、彼が動いて、次の瞬間にはアンリエットは夫の腕の中にいた。力強く抱きしめられ、息が止まりそうだった。

彼は、身を屈めてアンリエットに口づけをした。

あたたかくてやさしい唇がとても愛おしい。

「冷たいね。どのくらい外にいたんだ？」

二人とも、他愛《たあい》のない言葉しか出てこないのに、長年引き裂かれていた恋人のように抱き合っていた。

「そんなにずっといたわけじゃないのよ。散歩をしながら思い出していたの。あなたとここで歩いていたことを。もう外出なんかして大丈夫なの？」

「体はすっかり元どおりだが、心が塞いで仕方なかった」

「――どうして？」

それはアンリエットがいなかったから、少しは寂しかったのだろうか。それとも怪我の後遺症だろうか。あの馬の暴走を止め、馬番と戦ったことで悪化したのかもしれない。

「この心痛を和らげるために、聞きたいことがあるんだ」

と、彼は言った。

「病床で私は貴女から、あたかも私が妻以外の女性を愛しているような中傷を受けて、夫としての誠意を疑われて困っている」

アンリエットは、夫の腕の中でぴくりと震えた。

「中傷ではないわ」

「貴女が本当にそう思ったということか？」

「ええ」

「その女性の名前を聞いてもいいだろうか」

アンリエットは目を伏せた。彼は意地悪だ。

そうまでして、互いの心の傷をえぐらなくてもいいのに。

「サリーという女性です」

「サリー？」

「ええ。サリー・マルゴという女性。あなたの心が塞いでいるのは、その方を想ってのことなのでしょうね？　馬が暴走した時も、あなたはその女性のことを思い出したのでしょう？　顔が真っ青で、悲しみと怒りに溢れていたのがわかったわ」

アンリエットがそう言うと、シルヴァンは彼女の両肩に手を置き、その顔を覗き込むようにした。

「……貴女はそのサリーという女性をどこで見たの？」

「サロンの肖像画です。馬に乗っていた女性でしょう。画面の端に名前が書いてあったからわかったの。もう亡くなったとか……。わたしは、あなたの意識が混沌《こんとん》としている時、肖像画の中の彼女にお願いしました。シルヴァンの心を全て返すから、どうか助けてくださいって」

「へえ」

「その瞬間、わたしはその絵の中に、シュテファニアを見つけたんです。つまり、彼女は願いを叶えてくれて、あなたを救う薬草の在処《ありか》を教えてくれたということでしょう。だから、わたしは約束を守らなくちゃ」

「それが、貴女が家を出た理由？」

「ええ、……実はそういうことだったの。黙って出ていってごめんなさい」

これで全て打ち明けたので、彼が納得してくれると思ったが、意外にも、シルヴァンの腕は全く緩まない。

「あの……、もう離してください」

「いや、どうしても離したくない気分でね。私を救うために、貴女は随分危険な目に遭ったと聞いたよ。フォンドリーに行き、薬種商を駆けめぐり、雪の庭を這いずり、手を真っ赤になるほど凍えさせてまで、薬草を探してくれたんだろう。それ相応の謝礼をしたいと思うんだ。貴女がもう私と一緒にいたくないとしても、最後にひとつだけ、私のわがままを聞いてほしい」

——最後にひとつだけ……！

シルヴァンの口から出たその言葉は、自分で言う以上にアンリエットの心を打ち砕いた。

「お礼はもうしてもらったわ。馬が暴走した時に」

「あれは私の巻き添えになっての事故だから、お礼にはならない」

こうして、少々強引に彼女は承諾させられてしまった。

シルヴァンの乗ってきた馬車に乗る時、クリステルが微笑んで見送ってくれた。

彼女は、アンリエットと夫が仲直りをしたと勘違いしているのだと思う。そもそも喧嘩《けんか》などしていなかったが。

車窓から親友を見た時、彼女の唇はこんなふうに動いていたと思う。

――お幸せに。

違うのに。

こうして連れだって出かけるのも最後と、彼の隣にいる胸の高鳴りを噛みしめながら、馬車に揺られ、二人は雪の半分融けた路地を駆け抜けていった。

＊　＊　＊

ほどなく到着したのは、農場にしか見えなかった。ここで、彼は何を贈るというのだろうか。

馬車の音を聞いたからか、ひとりの女が小屋の戸を開けて出てきた。

「さあ、下りよう」

「ここは……？」

「ウェリン農場だよ。以前、マルクが言っていただろう、仔馬が生まれそうだって。貴女にはその馬を贈ろうと思っているんだ」

「仔馬を！」

「むろん、貴女の手元に届くのは、十分育ってからだけれど」

思いがけず、高価な贈り物に驚いて、アンリエットは息を弾ませた。自分用の馬を持てるなんて。サリー・マルゴのように？

「嫌いかい？　あんなことがあって、怖くなったかもしれない」

「そんなことない、素敵だと思うわ」

「よかった。実は私は馬が好きで、馬車よりは自分が馬に乗って駆け回るほうが好きなんだ。まだ一緒に遠乗りしたことはなかったけれどね」

もう終わりを迎えようとしている二人なのに、彼がどうしてそんなことを喜ぶのか、不思議に思ったが、もっと不思議なことがその直後に起こった。

「これはこれは、公爵様。ようこそおいでくださいました」

小屋から出てきた女は、間近まで来ると深々と頭を下げた。粗いウールのスカートに生成のブラウス、革のベストを着て、頑丈そうな長靴を履いたその人は、明るい褐色の髪をしており、親しみのある笑顔で二人を迎えてくれた。

年の頃は四十くらいだろうか。

「え……っ？」

アンリエットは、農場の主の女房らしいその女性を見て、狐《きつね》につままれたような気持ちになった。

――サリー・マルゴ……？

サロンにあった肖像画に描かれていた女性に間違いない。あの絵はもっと若かったが、顔立ちの特徴は全く同じだったし、慈愛に満ちた瞳の色も同じだった。

亡くなったはずなのに、どうしてここに？

幽霊を見たような気持ちになって、呆然としていると、彼女は言った。

「おや、こちらが奥様ですか？　なんとまあお美しい奥様でいらっしゃいますね。旦那様、絞りたての乳を温めますから、どうぞ中へ。さあ、さあ、暖まってください」

シルヴァンはその女性に、にこやかに言った。

「そうだったな、紹介するのは初めてだったが、今日は私の愛する妻に、こちらで生まれた仔馬を贈ろうと思っているんだ」

「ああ、マルク坊っちゃまへのお言づてが届いたんでございますね。はあ、先日産まれました。サリーマルゴによく似た栗毛の元気な男の子ですよ」

——え……？

二人の会話についていけないアンリエットを前に、シルヴァンは続けた。

「マルクから言われたけれど、なかなかそんな気持ちにならなくてね。……だが、いつまでも失った馬に執着していてもよくないと思ったのさ」

「そうです、そうです。新しい命が産まれてきますからねえ、お嘆きになることはありません」

なんとも明るく快活なこの女性の物言いに、アンリエットはようやく我に返った。

「あの……っ、今なんて？」

「だから、アンリエット。貴女に贈る仔馬の話だよ。貴女が名前をつけてもいいよ、それも楽しそうだ。……私が可愛がっていた愛馬、サリーマルゴの血筋だから、きっとよく走るよ」

「……えええっ？」

アンリエットが唖然として、混乱に立ち向かっている間も、肖像画の女性は「どうぞ、どうぞ」と言いながら小屋の奥へと二人を案内している。

「だって、あの遺髪は……」

「貴女が私の枕元に置いたあれは、馬の尾だよ。鬘に使われるほど女性の髪に似ているが、馬の毛だ。それにしても、なんの呪いだろう？　ああすると、病気が早く治るとか？」

とぼけた口調でそう言うシルヴァンを見上げると、彼は心から楽しそうに笑っていた。そこへ、農場の女主人だろうか、さきほどの女がミルクの入ったポットを持って大きなテーブルに置いた。

「奥様、初めまして。あたしはジョー・ウェリンでございます。うちで産まれた馬をこれまで何頭も公爵様に買っていただいたんでございますよ。特に、サリーマルゴを可愛がっていただきました。何もございませんが、どうぞ、ゆっくりなすってくださいねえ」

「ジョー……、ウェリン……さん？」

アンリエットは丸椅子に腰を下ろすと、彼女の名前を確認した。

「はい？」

「当家にあなたの肖像画がありましたね？」

するると、ジョーという女性は、しばらく考えた後、急に顔をくしゃくしゃにして笑い出した。

「やだ、恥ずかしいですね、もう。あれは何年も前ですし、サリーマルゴをお送りした時の記念の絵でございますよ。あたしは乗っていただけの添え物で……今亭主を呼んできます」

そう言うと、彼女は厚みのある手のひらをぱんぱんと打って大笑いしながら部屋の奥へと歩いていった。

アンリエットはシルヴァンの視線を感じたが、しばらくの間、顔を上げられなかった。

「さあ、状況は理解してもらえたかな？」

「え……、ええ」

「私の愛している女性は貴女ひとりだとわかったね？」

「……はい」

「では、仔馬を買う契約を交わしたら、すぐに邸に戻ってくれるね？　司祭や公証人にまで、私が不実な男と思われて困っているんだ。貴女がちゃんと説明してくれると助かるんだが」

「あの……、最後のわがままって――」

「事情を理解したら貴女は私と一緒に邸に戻り、二度と私をひとりにしないこと。これが私の最初で最後のわがままだ」

「シルヴァン……！」

アンリエットは思わず、彼に抱きついた。

＊　　＊　　＊

邸に戻ると、執事を筆頭に、使用人たちが揃ってアンリエットを迎え出た。

彼らは何をどこまで知っているのやら、アンリエットとは視線を合わせようとしないのは、これまでとたいして変わりないが、一様に口元が強ばっていた。

やはり、彼女はこの家ではなかなか受け入れられないと思うと少し寂しいが、シルヴァンを助けるために、皆が雪の庭でシュテファニア探しを手伝ってくれたことは、今も忘れていない。

それだけは感謝しながら、彼らとは接するつもりだ。

「旦那様、奥様、お帰りなさいませ」

「さあ、新妻を連れ戻してきた。みんな、少々そそっかしいが、この可愛い妻をこれからもよろしく」

シルヴァンがそう言うと、使用人たちはこらえきれなくなったように、いっせいに噴き出した。

「あなたたち……。みんな、知ってるのね？」

アンリエットは恥ずかしくていたたまれなくなり、俯いていた。

居室に行くと、公証人と司祭が待っていた。

「さあ、証明してくれないか？　私が貴女以外に誰のことで頭をいっぱいにしていたと想ったのか」

「もう……意地悪ね」

上目遣いに夫を睨んだが、怒る気になどなれなかった。

そして、久しぶりに二人で夜を迎えた時、アンリエットは更に顔を赤らめることになる。

「もうひとつ、言っておきたいことがあるんだ」

「え、……何?」

「この引き出しの中を疑われたんだってね」

「ええ。あなたも疑うの?」

「貴女がマルクに鍵を渡したというのが気になる」

「彼が真っ先に疑ったからよ。わたしがあなたを毒殺しようとしているとでも思ったのでしょう」

「本当に?」

「どうしてそこを疑うの?」

「マルクの貴女を見る目が変わったから。貴女はもう人妻なわけだし」

「なんて愚かなの?」

アンリエットは、マルクの顔を思い浮かべ、シルヴァンの手から鍵を取ると、自分にあてがわれた引き出しの鍵穴に差し込んだ。

そして、シルヴァンに開けるよう促した。

「これは？」

まず最初に、彼は一枚のカードを取り出した。

「それは舞踏会の後で、あなたが薔薇の花を贈ってくれたでしょう？　その時についていたカードよ」

「そんなものを取ってあったんだ」

次に、彼は黒曜石のボタンで作ったブレスレットの箱を持ち上げた。

「それはあなたのアビのボタンで作ったの。袖のボタンが片方無くなってしまったというから、残りのひとつで。こうすると、あなたとお揃いになるかと思って。でも、本当はクリステルの庭で見つかったのだけれどね」

「なるほど。そして、これは風車だ」

「あなたの育った部屋から持ってきたものよ、覚えているでしょう？」

「覚えているが、貴重品じゃないだろう？」

「どこでも買えないものだし、子どもの頃のあなたが作ったんだと思うと、なんだか愛しく思えるの」

ふうん、と相づちを打って、シルヴァンは少し手を止めた。まんざらでもない顔をしている。

「これは？」

「あ、それは……あなたの書き損じだわ」

「どうしてこんなものを？　ゴミじゃないか」

「ゴミじゃないわ。わたしにとっては貴重なものなのよ。わたし、あなたの書く文字の形がすごく好きなの」

「不可解だな。この引き出しには貴重なものを入れるんだよ。こんな玩具や書き損じではなく――。で、これは」

「あっ……だめ」

シルヴァンが引き出しの奥から白い布を引っ張り出して広げた。

彼のために作っていたクラヴァットだが、縁の刺繍が難しくて頓挫していたのだ。

「見ないで」

あまりに不出来なので、隠しておいたことを忘れていた。クリステルに教わって刺繍をしたものの、不揃いな上に、何度も糸を解いて縫い直したりしているうちに、布端がほつれてしまい、行き場のない哀れなクラヴァットだった。

――見られたくなかったのに……！

この狼狽ぶりが、シルヴァンを暴走させるとは思ってもみなかった。

「男ものクラヴァットじゃないか、……いったい誰のだ？」

「ええっ？」

「他の男の持ち物をしまっておくなんて、馬の尻尾を入れるよりずっと罪深いとは思わないのか？」

不安そうな目でこちらを凝視するシルヴァンを見て、アンリエットはまた新しい彼の一面を発見した思いだ。彼女はあらがうのをやめて、仕方なくクラヴァットを広げて持ち上げた。

「下手だから見せたくなかったけれど、これで信じてくれるでしょう？」

クラヴァットの端に刺繍したシルヴァンの名前を見せると、彼は眉をひそめてそれを解読し、ようやく誤解が解けた。

＊　＊　＊

「どうだい、似合うかい？」

シルヴァンは肘付き椅子に座り、衿もとで縛った白い絹の布端を広げた。アンリエットが嫌がるにもかかわらず、彼は出来の悪い手製のクラヴァットを自分の首に巻いて言った。

「似合うもんですか、失敗作なんだからやめて」

アンリエットが恥ずかしさに狼狽して言うが、彼は聞こうとしない。

「貴女から贈られた宝物なんだからいいじゃないか」

「もうっ、意地悪！　だめ」

彼女は夫の膝に乗り上がり、そのクラヴァットを外そうと奮闘したが、それも敵わず、勢い余って彼の肩に倒れかかってしまった。

「ああ、もう……！」

「力で敵うわけないんだよ、私に」

アンリエットばかりが息が上がって、シルヴァンは平然としている。シルヴァンの膝から下りようとすると、彼はそれを引き留めるように背中に腕を回して言った。

「仲直りのキスをしよう」

そして、シルヴァンのほうから唇を合わせてくる。しっとりと重ねて、互いの体温を感じ、唇の感触を確かめたのは最初のうちだけで、すぐに熱のこもった激しい口づけへと変わった。

アンリエットがシルヴァンのことを、もうどれだけ好きになっても辛くないのだと思うと、舞い上がりそうな気持ちになり、喜びが溢れてしまう。

強欲に求め合い、舌を絡めながら、彼の肩胛骨《けんこうこつ》を撫で、首筋を指でなぞって確かめる。彼女の恋しいという気持ちを表すには、唇だけでは足りなくて、夫の鼻や頬、瞼にまでキスをした。

くすぐったいと言われるまでキスをして、最後に彼の頭を両手で抱きしめる。アンリエットを膝に乗せたまま、シルヴァンは彼女の耳元で囁いた。

「アンリエット……貴女がいなくなって、私の世界は真っ暗だったよ。よくも病み上がりの私にあんな絶望を味わわせてくれたな」

そんな恨みがましい言葉にすら、アンリエットは幸せを感じてしまう。

お詫びのキスを何十回すれば許されるかしら、と思って見返すと、アンリエットを膝に乗せて抱きしめたまま、彼が立ち上がった。

「あっ、ごめんなさい。本当に」

「謝罪はこれからしてもらう」

こうして彼女はベッドに運ばれて、愛のお仕置きを受けることになった。


初夜明けの贈り物だったティーガウンなど、あっという間にむしりとられてしまい、ベッドの上、アンリエットの背中の下で無惨にも踏みにじられてしまっている。

「ああん……、だ、め、……皺に、なっちゃう――ん」

むさぼるように唇を封じられ、沈黙を強いられる。激しいキスに息苦しくなり、アンリエットは既に一糸まとわぬ姿のまま、ティーガウンの上で体をよじっていた。

あまりに熱情的な口づけに、すぐに体はとろけてしまいそうになり、あらがうのをやめて彼に身を任せていると、ようやく彼は唇を解放してくれた。

「そうだ、いい子だ。おとなしくしていなさい」

「で、も――あなた、体は大丈夫なの？」

「大丈夫どころか、貴女の中に挿入《はい》りたくて、おかしくなりそうだ」

「そんな……、あああっ」

びくんとアンリエットの体が跳ねる。彼の手が白い肌の上を這い、吸い付くようなみずみずしい肌の感触を味わっているのがわかる。

指先で、そして唇と舌で、彼女のあらゆる部分を味わい尽くしていく。

「あ、……あ、ふぁ、ぁあん」

彼が足のあわいに顔を埋めて、官能の花蕾を探り当てた時、アンリエットはひときわ甘いよがり声を上げて、体を反り返らせた。

舌先を秘裂に侵入させ、絶妙なやさしさでそれを弄ぶ彼は、快楽の沼に彼女を引きずり込んで溺れさせる悪魔じゃないかとさえ思ってしまう。

「ひ、……ゃああ、う、ん、……あっ」

ちゅぷちゅぷという音が聞こえて、花蜜を漏らしているとわかると、また激しい羞恥心で消え入りそうになる。

「ほら、びしょびしょだ。貴女の蜜がシャボンのように溢れてくる」

「いやっ、……ぁ、……はぁっ」

その愉悦の潮流に押し流され、混沌とした意識の底で、アンリエットは必死に彼を抱きしめようとしていた。もう絶対に離したくない、離れなくていいのだ。

「お遊びはここまでだよ」

彼はそう言って、自らも服を脱ぎ捨てて覆い被さってきた。

そしてアンリエット体に割って入るようにその身を重ねてくる。

「ぁ、……っ」

とくん、と心臓が鳴った。

体内が押し上げられ、彼が挿入ってくる。

「あ――、……シルヴァン……っ」

ぎちぎちと濡れ襞を広げて彼の肉棒がアンリエットの胎内を侵していく。

「素敵だ……、アンリエット。狭くて熱くて、だが私を押し包んでくれる」

最奥に至っても、彼は更に深く入ろうというかのように突き上げる。

「……っ、ぁあ、あ、……、だめ、わ、……たし、も――っ」

「貴女も？　どうしたいんだ？」

「わたしも、あなたを……抱きしめたいの」

涙目で訴えると、シルヴァンは少し驚いた顔をした。

「私を？　……わかったよ。おいで」

そして、彼女の腰を掬《すく》い上げるようにして上体を起こさせた。

シルヴァンが下になり、その下腹部にアンリエットがまたがる格好になる。

「ああ、こういうのも斬新だ。……貴女が腰を使って、私を癒してくれるのかな」

「……でも、どうしたらいいのかわからない」

不安定な体勢に怯えて、彼女が夫の肩につかまると、その華奢な腰に彼の手が添えられた。

ぐっと引き寄せられ、より深く繋がったのを感じる。

「あ……っ」

「そう、それでいい」

シルヴァンの腕に支えられて、アンリエットは最初は用心深く動く。己を穿っている雄杭の猛々しさに息を呑み、思わず腰を上げるが、彼がすぐに抱え寄せるので再び深くえぐられるこ

とになる。

「あ、……ぁ、すごい……、中が、いっぱい……」

シルヴァンの肉棒がさらに硬くなり、その質量を増した。

「ふ、……ううん、だめ、そんなに暴れちゃ……っ」

「暴れているのは貴女だよ」

と、彼がからかうように言うその声が甘く艶めいている。

「ち、違うもの」

「……可愛いアンリエット。もっと早く動こうか」

シルヴァンはそう言うと、彼自ら腰を突き上げ、激しく抽挿し始めた。

アンリエットは夢見心地で揺さぶられていた。

「ん、……ぁっ」

体の奥から伝わってくる快感のさざなみに、アンリエットは思わず背筋を仰《の》け反《ぞ》らせた。

脳天を突き抜けるような強烈な愉悦の一撃に、彼女は硬直して、甘い悲鳴を上げる。

「ああっ、……シルヴァン――！」

浮遊感に見舞われ、なよやかな腕をシルヴァンの背に絡め、彼女は歓喜に震えていた。

＊　＊　＊

翌朝、二人はホールの中二階にある、サリーマルゴの肖像画の前に立っていた。

「繰り返すが、もう二度と出て行かないね？」

シルヴァンが念を押すのに可笑《おか》しくなって、アンリエットが微笑む。

「サリーマルゴが許してくれるなら」

「許すも許さないも……いいかい、この女性が若き日のジョー・ウェリン。貴女の頭の中では随分違うふうにイメージされたようだが。……そしてこれ！　よく見なさい、この栗毛の賢そうな目をした馬が当時四歳だったサリーマルゴだ。サリー・マルゴじゃなくてね」

「もうわかりましたってば」

「ああ、そうだ。男爵夫人に感謝状を書かなくては。後々誤解のもとになるといけないので貴女に見せておくよ」

彼はそういうと、アビのポケットから手紙を取り出した。

「私が貴女の親友に書いた手紙に対する返事だよ」

「クリステルに？　なんて書いたの？」

「私が心から愛してやまない新妻を招き入れてくれたことを感謝し、これからもよき相談相手になってくれるようにと――。そして、私はアンリエットの夫として至らない点があるだろうが、どうしたら愛してもらえるようになるかと助言を仰いだんだよ」

「本当に？　知らなかった……、クリステルはそんなことは何も言ってなかったわ」

「するとどうだい。返事には、意外なことが書いてあったんだ」

と言って、シルヴァンは彼女の手紙を広げて見せた。

『公爵様
……こちらこそ過分なお言葉をいただきありがとうございました。公爵様のお気持ち、とても真摯な、誠のお言葉と拝見しました。大切な親友がこのように愛されていると知って、胸を撫《な》で下《お》ろしております。そして、どうすれば奥様に愛されるだろうかというご質問は、甚だ奇妙に感じました。と、申しますのは、お二人のご結婚前から、奥様は公爵様に片想いをされていたことを、私は知っておりますので。奥様はとても愛情深い方です。どうか、時間をかけて、本心をお聞きになってくださいい。お二人のお幸せを心より願っております』

「クリステル……」

昨日、別れ際に車窓から見たクリステルの姿が脳裏に蘇る。

彼女の声は届かなかったが、口の形で『お幸せに』と言っていたように見えた。あの時は、なぜ彼女がそんなことを言うのかわからなかった。

だが、シルヴァンの真摯な手紙に、何か確信めいたものを感じたのかもしれない。

――クリステル。ありがとう。

「いい友達を持ったね」

「ええ。本国でできた、たったひとりの友達よ」

「でもここ、気になるよね」

アンリエットが読み終えた手紙の一カ所を指さして、シルヴァンが言った。勘違いのことを蒸し返さなくてもいいのに。

「ごめんなさい。でも、そのことは何度も――」

「そうじゃなくて、聞きたいのは『片想い』のところだ。貴女は私に片想いをしていたのか？」

「あっ、えっと……！」

アンリエットは俯いて、小声で言った。

「実は……そうだったの」

「ん？　ちゃんと言わないとわからない。貴女の親友も、時間をかけて聞くようにとアドバイスしてくれているよ」

シルヴァンが意地悪く笑ってこちらを見ている。

「いやな人ね。もう言ったわ。あなたが毒で苦しんでいる時に、枕元で言ったじゃない」

しかも、死の世界から彼を引き戻そうとして、なりふりかまわず叫んだ言葉だ。嘘ではないが、同じことを繰り返せと言われても無理だと思う。

「いや、あの時は朦朧としていたから。もう一度言ってくれないか」

こんな駄々をこねた子どもみたいなことを言っているのに、相変わらず夫は美丈夫で、少し恨みたくなってしまう。

アンリエットは中二階の手すりからホールを一瞥して、誰もいないことを確かめ、ひとつ深呼吸をしてから、ゆっくりと言った。

「……わたし、あなたを愛しているの」

――ああ、恥ずかしい！

しかし、この審問はまだ終わらない。

「いったいいつから？」

「もう……、初めて会った時からよ」

「知らなかった。夫として尊重されているとは思っていたけど。あの時既に好かれていたのか？　どうして」

「お見合いなんて嫌だと思って、舞踏会ではあなたの悪いところを探そうと思ったけど、全然見つからなくて。でも、マルクさんとあなたの会話を聞いてしまったの。サリーマルゴが一生忘れられないっていう……あなたの唯一の欠点があれだったのよ。どうしよう、もうひとつもなくなっちゃったわ」

「だからダンスを断ったのか？」

「……そう。本当は断ったことを後悔していたの」

「アンリエット……貴女は本当に可愛いな！」

シルヴァンは輝かしい笑顔を見せて彼女を抱き上げた。

「きゃっ、危ない！　怖いわ、シルヴァンったら」

中二階の狭いバルコニーなのに、彼は新妻を横抱きにして軽やかに階段を下り、ホールの中央まで歩いた。そこに通りかかった執事が振り返った。

シルヴァンはアンリエットを床にそっと下ろすと、彼女の足下に跪いて言った。

「今度こそどうぞ、私と踊っていただけませんか？　公爵夫人」

エピローグ

一年後、サブロンとの戦争は和解をもって終結し、フォンドリーの鉄門は昼も夜も開かれることになった。

それには、公爵からの国王への働きかけが貢献したと言われている。

まだしばらくは警戒が必要だが、国威は発揚され、景気も上向きになったのを市民たちもひしひしと感じていた。

これを後押しするように、その春、公爵領ネバシュ広場で平和を祝う祭りが開かれた。

「にぎやかね……！」

結婚前の初のデートでやってきた時以上の露店の数の多さに、アンリエットの心が弾んだ。

シルヴァンの命令により、公爵領では人を鞭で打ったりするような見世物は一切禁じられていたが、それに倣う都市が増えているらしい。

その上、買い物客の中に、ちらほらと外国人の姿も見えるのは、真の平和が戻ってきた証拠とも取れて、感慨深いものがある。

「アンリエット。今度は正直に、欲しいものを言ってごらん」

「正直に？」

「そう。わざと愛想を尽かせようとしたって無駄だよ。私は貴女が裏切らない限り、何をしても可愛いとしか思わないから」

こんな惚気《のろけ》たことを言う夫に笑いかけながら、アンリエットは答える。

「正直に言うと、何だってかまわないわ。あなたといるだけで嬉しいの」

すると、シルヴァンは胸を射られたかのように顔をしかめて心臓に手を当てた。

「貴女は最高の妻だ。息が苦しいほど愛しい」

と、ふざけたポーズを取った後、彼は真顔になって言った。

「では、こんな贈り物はどうかな。私はいつも的外れな贈り物しか思いつかなかったから、あまり期待しないでほしいが――これでも懸命に貴女のことを考えたんだ」

そして、彼は見世物のテントの前までアンリエットを連れていった。

なんの見世物かと思い、彼女はわくわくしながら待った。どうやらそのテントは借り切りのようで、他に客もいなければ、店主らしい人物も見当たらない。

シルヴァンが垂れ幕をめくると、そこには、背の高い男と、鮮やかな茜色《あかねいろ》のドレスを着た少女が立っていた。少女のほうは年の頃十を過ぎたところで、褐色の縮れた髪はお下げにして赤いリボンで結わえられ、両肩には見覚えのあるショールが掛けられている。その顔は以前見た時よりふっくらとして愛らしく、黒目がちの瞳にはもう、怯えた色は見えなかった。

「マァマ」

「奥様とお呼びするのだよ」

と、付き添いの神官に言われて、少女は恥ずかしそうに言い直した。

「オクサマ……」

「ビエラ……！　可愛い服を着せてもらったのね。背もまた伸びて」

アンリエットが膝を曲げなくとも、目線が近くなったのが嬉しい。

「この秋に十二歳になります」

神官が穏やかな声で説明すると、シルヴァンが言った。

「今日はこの二人をお客様として屋敷に招待したのだが、通訳をお願いできるかな、アンリエット」

「まあ……シルヴァン……！」

シルヴァンの贈り物とはこのことだったのだ。

「これからはいつでも会えるよ。友人として――」

「とても嬉しいわ！」

実はこの年、公爵家に慶事があった。その恩赦として罪人のボジェクとイジンカは寛大な措置を執られ、助命されている。

喜びを噛みしめながら、馬車の揺れに身を任せているアンリエットの肩をやさしく抱き寄せて、シルヴァンが囁いた。

「そして、来年はもっと状況が落ち着いているだろうから、その時は貴女の乳母殿に、私たちの子どもを見せにいこう。いや、招待してもいい」

「え……？」

「そうだよ、皆無事だった。また会えるよ」

怒濤《どとう》の新婚生活から、今はなんという幸福なことだろうか。

懐かしい人たちがみな生きていた。愛してやまない夫と共に過ごせるだけでも幸せなのに。

そして、またひとつ、愛情を注ぐ相手が自分の中で育っているのだ。

アンリエットは顔を赤らめて、少し膨らみかけたお腹にそっと手を当てて言った。

「ええ……ありがとう、シルヴァン。愛しているわ――永遠に」

あとがき

みなさまこんにちは、如月です。

初めましての方もいらっしゃると思いますが、蜜猫文庫さんでは五冊目になります。

そして、このたび初めて二月刊行となってとても嬉しいです。

如月という名前が二月を現わしているにも関わらず、如月名義で十冊以上書いてきましたが二月発売は初めてで、しかも、それが蜜猫文庫さんの五周年記念ということで喜びもひとしおです。

そんな記念の一冊をお手に取ってくださり、ありがとうございます。


このお話は、政略結婚によって歳の離れた男性と結婚をしたものの、最初に意地を張ったためになかなか想いが伝わらない若奥様のラブストーリーです。

いつものように、少しミステリー風味を添えましたが、メインはもちろん、公爵とアンリエットの新婚生活です。十歳以上歳の離れたカップルを書くのは初めてですが、とても楽しかったです。新婚夫婦のすれ違いだけどイチャイチャなシーンをお楽しみいただけたら幸いです。

恒例のキャラクター紹介です。ネタバレには気をつけておりますが、読了後に読みたいと思われる方はご注意くださいませ。

◆アンリエット：十七歳、伯爵令嬢。異国育ちで本国の慣習に窮屈な思いをしています。意地っ張りで、両親には叱られてばかり。

◆シルヴァン：ヒロインより十一歳年上の公爵。公務を真面目にこなすことに忙しく、結婚せずに今に至る。女心に疎く、自覚のないイケメン。

◆マルク：シルヴァンの甥。叔父さん大好きでちょっと背伸びの人妻好き青年。彼なりの、叔父の嫁像はかなり理想が高かったようで……。

◆クリステル：アンリエットの親友、男爵夫人。誠実で聡明な女性で、大人しい性格ながらも大切なことははっきりと言う。

ところで、この本の仮タイトルは「政略結婚（仮）」でした。

素っ気ないですね、すみません！

如月が初稿を書いている時、いつもこのようなざっくりした仮タイトルで、改稿を終えてから正式なタイトルをつけることが多いので、初稿データを提出する時は残念な仮タイトルで送信することになります。たまに発売予告情報に仮タイトルが出てしまうことがあるので、気をつけなくちゃと思ってはいるのですが……ちなみに、前作「元帥公爵の新妻は愛されすぎて困り気味です」の仮タイトルは「元帥（仮）」でした。今回よりさらに短いですね。次回は気をつけたいと思います。


さて、冒頭でも触れましたが、蜜猫文庫様、五周年おめでとうございます。

編集担当様、出版に携わってくださった全ての皆様、ありがとうございます。

イラスト担当のＣｉｅｌ様、素晴らしい公爵と若奥様をありがとうございました。いつか描いていただけたら……とずっと憧れておりましたので、感無量です。

そして、ここまで読んでくださった皆様、ありがとうございました。

またお会いしましょう。

如月

蜜猫 Mitsuneko Label

蜜猫文庫をお買い上げいただきありがとうございます。
この作品を読んでのご意見・ご感想をお聞かせください。
あて先は下記の通りです。

〒102-0072　東京都千代田区飯田橋 2-7-3
(株)竹書房　蜜猫文庫編集部
如月先生 /Ciel 先生

年上公爵と素直になれない若奥様
～政略結婚は蜜夜の始まり♡～

2019年3月1日　初版第1刷発行

著　者　如月　©KISARAGI 2019

発行者　後藤明信

発行所　株式会社竹書房
〒102-0072 東京都千代田区飯田橋 2-7-3
電話　03(3264)1576(代表)
03(3234)6245(編集部)

デザイン　antenna

印刷所　中央精版印刷株式会社

Printed in JAPAN
ISBN978-4-8019-1780-4　C0193

如月
Illustration すがはらりゅう
生贄の花嫁
背徳の罠と囚われの乙女
いやだって？ こんなに蜜を
溢れさせてねだっているのに
「まるで私が下僕のようだな。跪いて体を洗ってやるなんて」三日だけという約束で自動人形のふりをして伯爵家に納品されたヴィオラは、買い主である伯爵令息アレックスに執拗に愛される。入浴させられ、いやらしく触れられても声を出さずに耐えたヴィオラだが、結局は彼の罠にかかり正体を曝かれて、彼の尋問を受けることに。処女を散らされ朝夕問わず激しく抱かれて淫らに変わっていく身体。彼はずっと傍にいろと言うけれど——!?

蜜夜
薔薇の花嫁は愛に溺れる
如月
Illustration KRN
辛そうに声を殺す
きみもたまらない
負傷した鳩を助けたのがきっかけで伯爵アルフォンスの居城に連れてこられ、男装の女性であると知られてしまったリディ。彼女はアルフォンスの探す優れた医術を持つ一族の末裔だった。お互いに秘密のあるまま惹かれあい、流されるまま結ばれてしまう二人。「止められない。おまえの中に入りたい」彼の情熱を受け激しく愛されて悦びに震えるリディ。だがアルフォンスが一族を探していたのは昏睡状態の婚約者のためだと知り!?

如月
Illustration DUO BRAND.
溺愛志願
恋人は檻の中
望みどおり、
きみを攫っていく
祖父の遺書を読むため、今では稀なヴァラム語のできる囚人の元を訪れたベアトリーチェは、美しく知性のある彼、ヴァレリオと話すうちにその人柄に魅了されてしまう。仲間の助けで処刑間際の逃亡に成功したヴァレリオに、望んで攫われるベアトリーチェ。「俺の指にこんなに反応して、感じやすいんだな」愛し合い結ばれて、結婚式を挙げるふたり。やがて祖父の遺書が、ヴァレリオの高貴な出自を保証するものだとわかり!?

如月
Illustration すがはらりゅう
元帥公爵の新妻は
愛されすぎて困り気味です
嫉妬深い旦那様は
意外と甘えた!?
伯爵令嬢マリエッタは負傷した隣国の元帥の息子アルベールを助けたことで彼と心を通わせ、結婚することに。「きみの蜜に溺れてしまいそうだ」毎夜彼の力強い腕に抱かれ、幸せに酔いしれる日々。だがアルベールの愛は束縛気味で行きすぎることもしばしば。些細な行き違いから里帰りすることになったマリエッタだが、国境付近の実家は敵国の急襲を受けていた。領民を庇い気丈に振る舞う彼女の元にアルベールが颯爽と助けに現れ!?

すずね凛
Illustration 坂本あきら

甘く淫らな婚活指導

今夜はじっくり
君のすみずみまで愛してあげる

妹の結婚を機に婚活を始めたフローラ。意気込みが空回りして軽薄な男性に無体を働かれそうになったところを、美貌の侯爵、クレメンスに助けられる。己の情けなさに泣き出してしまったフローラに彼は婚活の手伝いを申し出る。「いけない子だ。もうそんなキスを覚えて」よく似合う上質のドレスや宝品を贈られ、楽しい逢瀬を重ねた末に与えられる極上の快楽。夢見心地のフローラにクレメンスは結婚相手を自分にしろと言いだし!?